KOREAN

最高頻率
擬聲
擬態語

韓檢
必考

全MP3一次下載

http://www.booknews.com.tw/mp3/9786269793976.htm

iOS系統請升級至iOS 13後再行下載
全書音檔為大型檔案，建議使用WIFI連線下載，以免占用流量，
並確認連線狀況，以利下載順暢。

前言

廣義的來說，擬聲語包括擬音語、擬聲語、擬態語。

（擬聲語・擬音語）是表示物的聲音或人・動物的聲音。
（例）「砰」、「沙沙」、「汪汪」

（擬態語）事物的狀態或心情等無聲之物，依感覺將之聲音
化表現出來。
（例）「散漫的」、「暗暗冷笑」、「徬徨」

擬聲語經常使用在生活的各種場合。例如「頭痛」的時候，
是刺痛或是抽痛等，會使用不同的擬聲語。韓語中會為了表現之
間的差異，而使用擬聲語。

本書的寫成，是希望能在大家學習韓語交談不可或缺的「擬
聲語」時，能夠幫上忙，使學習更有效率、更輕鬆愉快。對於希
望通過本書讓表現更加豐富的學習者，如果能夠派上用場，是作
者之幸。

韓語擬聲語的特徵

● 因語言文化不同，無法做一對一的韓漢文詮釋，因此若干擬態語（模狀詞）、擬聲語（模聲詞）權且以意涵表示。

（例）「골골」（身體病弱的模樣）

「갸우뚱갸우뚱」（歪著頭感到納悶的模樣）

● 在韓語的擬聲語中，會因為文脈而有不同意思。

（例）**딱 만나다** 不期而遇

딱 거절하다 斷然拒絕

딱 부딪치다 撞個正著

딱 달라붙다 黏得緊緊

● 四字成語量雖並不多，但因為有些詞語同時有名詞、副詞兩種意思，也作為擬聲語使用。

（例）**우왕좌왕** （右往左往）

〈名〉狼狽地到處亂跑。

〈副〉慌慌張張混亂的模樣。

本書特徵

以相關的關鍵字整合

本書採用 60 個關鍵字，在關鍵字之下舉出相關的 5 個擬聲語。相關的表現一起記住，更能夠比較之間微妙的差異。

附有插圖讓意思更容易了解

各種不同的表現，都附有插圖，可以藉助視覺方式理解意思，更容易留下記憶，學習也變得更輕鬆。

從初級程度到高級程度都適用

本書的構成方式，韓國語初學者先學習用法，初級程度者可以看用法所附例句，中級程度以上者可以做進階練習，學習者可以配合自己的程度廣泛活用。

▶ 進階練習的譯文與解釋以一個為準。按照文脈與狀況也可能使用其他的擬聲語，而有不同的翻譯。

目次

第1章

痛

따끔따끔
tta-kkeum-tta-kkeum

被針尖之類的尖銳之物不斷刺扎的狀態。
或是感到這種疼痛的狀態。

스웨터 때문에 목이 **따끔따끔**해요.
（因為毛衣的關係，脖子刺刺癢癢的。）

얼얼
eol-eol

皮膚、喉嚨等感到刺痛或受到辛辣刺激的狀態。

국물이 매워서 혀가 **얼얼**해요.
（因為湯太辣所以舌頭火辣辣的。）

살살
sal-sal

肚子等持續不斷的鈍痛感。

아까부터 배가 **살살** 아파요.
（從剛才開始肚子隱隱作痛。）

지끈지끈
ji-kkeun-ji-kkeun

傷口感到脈搏跳動般持續不斷的強烈疼痛感。

요즘 계속 머리가 **지끈지끈**해요.
（最近頭持續陣陣刺痛。）

콕콕
kog-kog

頭或腹部等尖銳的痛感。

배가 **콕콕** 찌르듯이 아파요.
（肚子好像針刺般刺痛）

▶ 從 [＿＿＿] 中挑選出適當的字填入 (　　　　) 裡。◀

| 따끔따끔　　얼얼　　살살　　콕콕　　지끈지끈 |

❶ 너무 매워서 물을 세 잔이나 마셨는데도 아직도 입안이
(　　　　) 하네요.

❷ 결혼식하는데 무슨 준비할 게 그렇게 많은지 머리가
(　　　　) 해요.

❸ 갑자기 배가 (　　　　) 찌르는 것처럼 아픈데 잠깐 약국에
갔다 와도 될까요?

❹ 배탈이 났는지 배가 (　　　　) 아픈데 혹시 설사약 같은
거 안 가지고 다니죠?

❺ 화장품을 바꿨는데 바르고 나면 (　　　　) 한 게 아무래도
내 피부랑은 안 맞나 봐.

─────────── 中文翻譯 ───────────

❶ 因為太辣喝了 3 杯水，嘴裡還是火辣辣的。

❷ 舉辦婚禮，要準備的東西竟然有那麼多，真傷腦筋。

❸ 我的肚子突然刺痛起來，可以跑趟藥局嗎？

❹ 可能是吃壞肚子，覺得肚子隱隱作痛，你有沒有帶止瀉藥之類的在身上？

❺ 換了化妝品，塗上之後覺得刺刺的，看來似乎與我的膚質不合。

答案 ❶ 얼얼　❷ 지끈지끈　❸ 콕콕　❹ 살살　❺ 따끔따끔

UNIT 2 感冒

콜록콜록
kol-log-kol-log

較為輕微的咳嗽時的聲音。

아이가 밤새도록 콜록콜록 기침했어요.

（孩子整晚咳咳地咳嗽）

쿨럭쿨럭
kul-leog-kul-leog

劇烈咳嗽時的聲音。

아직도 쿨럭쿨럭 기침이 나오네요.

（你還在吭吭地咳嗽呢！）

뚝
ttug

黏稠稠的東西滴落下來的狀態。

콧물이 뚝 떨어지면 알레르기예요.

（鼻水若是滴滴落落的話是過敏。）

＊也可以用뚝뚝。

줄줄
jul-jul

許多液體不斷流著的狀態。

콧물이 줄줄 나오고 몸도 으슬으슬 추워요.

（鼻水流個不停，身體也冷颼颼的。）

훌쩍훌쩍
hul-jjeog-hul-jjeog

倒吸鼻水的聲音、動作。

**영화관에서 옆 사람이 계속 콧물을
훌쩍훌쩍했어요.**

（電影院裡鄰座的人一直在呼呼地吸鼻水。）

▶ 從 ☐ 中挑選出適當的字填入（　　　）裡。◀

| 쿨럭쿨럭　　줄줄　　훌쩍훌쩍　　콜록콜록　　뚝 |

❶ 콧물이 나오면 （　　　　　）하지 말고 빨리 휴지로 푸세요.

❷ 무슨 병이 있는 건지 （　　　　　） 기침을 심하게 하면서 피도 토했어요.

❸ 그 사람이 （　　　　　） 기침하는 모습을 보고 있자니 내 마음이 왜 이렇게 아플까요?

❹ 머리도 아프고 콧물도 （　　　　　） 나는 게 아무래도 감기가 심하게 걸린 것 같은데 오늘은 일찍 들어가도 될까요?

❺ 책을 읽고 있는데 갑자기 콧물이 （　　　　　） 떨어져서 깜짝 놀랐어요.

───── 中文翻譯 ─────

❶ 如果流鼻水，別倒吸，趕快用衛生紙擦掉。

❷ 可能是生了什麼病，不僅劇烈咳嗽還吐血。

❸ 看到他咳嗽的樣子，我的胸口不知為何這麼痛。

❹ 我頭痛、流鼻水，不管如何看來是感冒了，今天我可以早點回家嗎？

❺ 在看著書，突然鼻水滴下來，嚇了我一跳。

答案　❶ 훌쩍훌쩍　❷ 쿨럭쿨럭　❸ 콜록콜록　❹ 줄줄　❺ 뚝

꽁꽁
kkong-kkong

冷到凍僵的狀態。

추워서 몸이 **꽁꽁** 얼었어요.

（冷到身體都凍僵了。）

으슬으슬
eu-seul-eu-seul

因為發燒感到寒冷的狀態。

아까부터 **으슬으슬** 추워요.

（從剛剛開始瑟瑟地發抖。）

덜덜
deol-deol

因為寒冷、害怕而身體顫抖。

추운데 밖에서 **덜덜** 떨고 있었어요.

（天氣很冷，在外面哆哆地發抖著。）

딱딱
ttag-ttag

因為害怕、寒冷的緣故，身體激烈顫抖的狀態。

너무 추워서 이까지 **딱딱** 부딪쳐요.

（太冷了，連牙齒都嗒嗒地在打顫。）

으스스
eu-seu-seu

寒氣或厭惡的心情侵襲身體或皮膚。

그 때 일을 생각하면 지금도 **으스스**해요.

（想到當時的事情，現在都還會打寒噤。）

▶ 從 ☐ 中挑選出適當的字填入 ( ) 裡。◀

덜덜　　으슬으슬　　꽁꽁　　으스스　　딱딱

❶ 몸이 ( )하고 오한이 드는 게 아무래도 감기 든 것 같아요.

❷ 난방비 아낀다고 추운 방에서 ( ) 떨면서 잤대요.

❸ 장갑을 안 꼈더니 손이 ( ) 얼었어요.

❹ 추워서 몸은 물론이고 이까지 ( )거리면서도 물 속 에서 더 놀고 싶다고 안 나온대요.

❺ 소문대로 귀신 나올 것 같은 집이네요. 이런 ( )한 분위기는 정말 싫은데.

———— 中文翻譯 ————

❶ 身體發抖又發冷，看來我是感冒了。

❷ 説是要節省暖氣費而在冰冷的房間裡顫抖著睡覺。

❸ 沒戴手套，手都凍僵了。

❹ 冷到不只身體連牙齒都在顫抖，卻還説要多玩一陣子不從水裡出來。。

❺ 果然有如傳聞像間鬼屋。這種嚇人氣氛真讓我害怕。

答案 ❶ 으슬으슬　❷ 덜덜　❸ 꽁꽁　❹ 딱딱　❺ 으스스

쨍쨍
jjaeng-jjaeng

太陽毒辣辣的強烈照射。

햇볕이 쨍쨍해서 얼굴이 탈 것 같아요.
（毒辣辣的陽光照射，臉都要曬傷了。）

화끈화끈
hwa-kkeun-hwa-kkeun

臉上發燒的狀態。

난로 때문에 얼굴이 화끈화끈 달아올라요.
（因為暖爐的緣故，臉發燙似地熱起來。）

따끈따끈
tta-kkeun-tta-kkeun

連身體都暖烘烘的很舒服。暖烘烘、熱呼呼。

겨울에는 따근따끈한 온돌방이 최고야.
（冬天暖烘烘的溫突房是最舒服的了。）

후끈후끈
hu-kkeun-hu-kkeun

熱氣等強烈積聚到令人難以呼吸的狀態。熱氣騰騰、熱烘烘。

화장실에는 에어컨이 없어서 후끈후끈해요.
（廁所裡沒有空調，熱烘烘的。）

푹푹
pug-pug

沒有風又溫度高，悶熱的狀態。悶熱。

밖에 나오니까 푹푹 찌네요.
（來到外面覺得又悶又熱。）

▶ 從 ☐ 中挑選出適當的字填入（ ）裡。◀

| 화끈화끈 | 쨍쨍 | 따끈따근 | 후끈후끈 | 푹푹 |

❶ 난방 때문에 방 공기가 너무 ( )한데 창문 열고 환기 좀 시켜도 될까요?

❷ 밤에도 ( ) 찌는 열대야가 계속되는 바람에 잠도 제대로 못 자요.

❸ 햇볕이 이렇게 ( )한데 무슨 비가 온다는 거예요? 하여튼 일기예보는 맞는 경우가 별로 없다니까.

❹ 그 사람 때문에 얼굴이 붉어진 게 아니라 실내가 너무 더워서 얼굴이 ( ) 달아오른 건데 아무도 안 믿어 줘요.

❺ 이렇게 추운 날에는 방 안에서 ( )한 군고구마를 까먹는 게 최고예요.

中文翻譯
---

❶ 因為暖氣的關係房間的空氣熱烘烘的，可以開窗換一下氣嗎？

❷ 晚上也因為悶熱熱帶夜持續的關係，一直睡不好。

❸ 陽光這樣毒辣，還（預報）說要下雨，總之天氣預報準的時候不多。

❹ 不是因為他的緣故而臉發燙的，而是室內太熱才臉紅的，但沒有人相信。

❺ 這麼寒冷的天氣，待在房間裡剝著吃暖呼呼的烤番薯是最好的了。

答案 ❶ 후끈후끈 ❷ 푹푹 ❸ 쨍쨍 ❹ 화끈화끈 ❺ 따끈따근

킥킥
kig-kig

偷偷樂的模樣。嗤嗤、咯咯。

사람들이 내가 실수하니까 킥킥 웃었어요.

（我一犯錯，旁邊的人都嗤嗤笑了。）

깔깔
kkal-kkal

放聲大笑的狀態。咯咯、嘎嘎。

바보같이 항상 텔레비전 보면서 혼자 깔깔 웃어요.

（總是像個傻瓜般邊看電視邊一個人咯咯笑。）

히죽히죽
hi-jug-hi-jug

不發出聲音，浮現淺笑的模樣。嘻嘻。嘻皮笑臉。

잡지 보면서 기분 나쁘게 히죽히죽 웃잖아요.

（他看著雜誌，還詭異地在嘻嘻笑著。）

생글생글
saeng-geul-saeng-geul

愉悅地微笑的模樣。笑嘻嘻、笑微微、媚笑。

언니는 생글생글 웃는 얼굴이 매력이에요.

（姊姊微微笑著的臉很有魅力。）

생긋
saeng-geut

微笑的模樣。微微一笑。

저를 보면 항상 생긋 웃으니까 오해했잖아요.

（因為她每次看到我總會嫣然一笑，所以我就誤解了唄。）

▶ 從 ☐ 中挑選出適當的字填入 ( ) 裡。◀

히죽히죽 　생글생글 　생긋 　킥킥 　깔깔

❶ 뭐가 그렇게 재미있는지 ( ) 웃는 소리가 옆방까지 들려와요.

❷ 사람들이 나를 보고 ( ) 웃는 이유를 몰랐는데 치마 지퍼가 열려 있었어요.

❸ 저쪽 테이블에 앉아 있는 남자가 아까부터 계속 ( ) 웃는 게 기분 나빠서 빨리 나가고 싶어요.

❹ 항상 ( ) 웃는 모습이지만 속으로 뭘 생각하는지 몰라서 전 별로 안 좋아해요.

❺ 보조개랑 같이 ( ) 웃는 얼굴이 예쁘다고 하는데 다들 겉모습에 속고 있는 거야.

───── 中文翻譯 ─────

❶ 有什麼事情這麼有趣，咯咯笑聲就連隔壁的房間都聽到了。

❷ 我不知道人們看到我就竊笑的理由，原來是裙子的拉鍊開著。

❸ 坐在那張桌子前的男人，剛才就一直笑得很詭異，我想快點離開這裡。

❹ 雖然臉上總是笑咪咪，但也不知道心裡在想什麼，我並不喜歡。

❺ 都說酒窩的笑容很可愛，大家都被他的外表騙了。

答案 ❶ 깔깔 ❷ 킥킥 ❸ 히죽히죽 ❹ 생글생글 ❺ 생긋

엉엉
eong-eong

人大聲哭泣的聲音。哇哇大哭。

시합에 지고 너무 분해서 **엉엉** 울었어요.
（比賽輸了太氣憤而嚎啕大哭。）

앙앙
ang-ang

出聲哭泣，也可以用在小孩。呱呱、嗚嗚。

길에서 아이가 **앙앙** 울고 있어요.
（小孩在路上哇哇哭著。）

글썽글썽
geul-sseong-geul-sseong

眼淚盈眶的模樣、好像立刻就會哭出來的模樣。淚汪汪、淚盈盈、眼淚汪汪。

그 말을 듣고 눈에 눈물이 **글썽글썽**했어요.
（聽了那件事，眼裡噙著淚水。）

＊也可以用그렁그렁。

훌쩍훌쩍
heul-jjeog-heul-jjeog

弱弱地哭泣的模樣、怯懦愛哭的樣子。抽泣、吸鼻涕、啜泣。

엄마한테 혼나고 **훌쩍훌쩍** 울고 있어요.
（被媽媽一罵就啜泣起來。）

울먹울먹
ul-meog-ul-meog

快要哭出來的模樣。啜泣、欲哭、欲哭無淚。

울먹울먹하는 모습이 불쌍했어요.
（快要哭出來的模樣，看起來好可憐。）

▶ 從 [   ] 中挑選出適當的字填入（   ）裡。 ◀

| 훌쩍훌쩍 | 글썽글썽 | 울먹울먹 | 앙앙 | 엉엉 |

❶ 남자들 앞에서 일부러 약한 척하면서 (   ) 울 것처럼 연기를 하는데 마음 같아서는 한 대 때리고 싶었어요.

❷ 방에 틀어박혀서 (   ) 울고만 있으면 문제가 해결이 돼?

❸ 뭐가 그렇게 분한지 밤새도록 (   ) 우는 바람에 나가지 한숨도 못 잤어요.

❹ 조금만 주의를 줘도 금방 눈물이 (   )해서 울기 시작하니까 무서워서 아무 말도 못 하겠어요.

❺ 어린애가 넘어져서 (   ) 우는데도 엄마는 수다 떠느라고 바빠서 보지도 않아요.

--- 中文翻譯 ---

❶ 故意在男人面前演戲，裝出怯弱欲哭的樣子，真想給他一巴掌。

❷ 關在房間裡啜泣問題就能解決？

❸ 不知道有什麼好不甘心的，哭了一整晚，害我根本睡不著。

❹ 只是要求小心一點，就立刻淚眼盈眶要哭出來的樣子，害我嚇得都不敢再說什麼。

❺ 小孩跌倒哇哇大哭，媽媽卻忙著聊天不看一眼。

答案 ❶ 울먹울먹 ❷ 훌쩍훌쩍 ❸ 엉엉 ❹ 글썽글썽 ❺ 앙앙

쩝쩝
jjeob-jjeob

咀嚼嘴中食物時發出的聲音。吧唧吧唧。

쩝쩝 소리 내서 좀 먹지 마세요.

（吃東西的時候請別發出聲音。）

아귀아귀
a-gwi-a-gwi

因為肚子餓的關係，非常想要吃食物的模樣。貪饞的模樣。饞、饞嘴地、貪饞地。

아귀아귀 먹는 모습이 창피해요.

（狼吞虎嚥地吃東西的模樣，實在丟臉。）

깨작깨작
kkae-jag-kkae-jag

嫌惡地吃著不想吃的東西的模樣。

깨작깨작하지 말고 맛있게 좀 먹어.

（別吃得那樣不情願，快樂點吃。）

오물오물
o-mul-o-mul

嘴巴閉著咀嚼物品的模樣。含糊、蠕動。

혼자서 뭘 **오물오물** 먹고 있어요?

（你自己一個人嘴裡含著什麼在吃著？）

넙죽넙죽
neob-jug-neob-jug

愉快地吃著別人給的食物的模樣。大口咀嚼。

아기가 이유식을 **넙죽넙죽** 잘 받아먹네요.

（小寶寶津津有味地吃著餵他吃的斷奶食品。）

▶ 從 ☐ 中挑選出適當的字填入（ ）裡。◀

| 쩝쩝　　깨작깨작　　넙죽넙죽　　오물오물　　아귀아귀 |

❶ 사람과 얘기할 때 뭔가를 （　　　　　） 먹으면서 대답하는 건 실례예요.

❷ 선 본 사람이랑 같이 밥을 먹는데 어찌나 （　　　　）거리면서 먹는지, 덕분에 난 반도 못 먹었어.

❸ 내가 모르는 사람이 주는 걸 （　　　　　） 받아먹지 말라고 몇 번을 얘기했어?

❹ 다른 집 부인들은 다 우아하게 먹는데 우리 와이프 혼자 며칠 굶은 사람처럼 어찌나 （　　　　） 먹는지 창피해서 혼났어요.

❺ 그렇게 （　　　　） 먹을 바에야 먹지 마.

──────── 中文翻譯 ────────

❶ 和人說話的時候，嘴裡含著東西一邊吃一邊回答是很沒有禮貌的。

❷ 和相親的對象一起吃飯，看他吃得吧唧吧唧的，害我連一半都沒吃完。

❸ 說過多少次，不能亂吃陌生人給的食物？

❹ 其他的太太都優雅地用餐，只有我太太一個人像餓了好幾天一樣狼吞虎嚥的，實在是太丟臉了。

❺ 吃得那樣子不情願，那就別吃了。

答案 ❶ 오물오물　❷ 쩝쩝　❸ 넙죽넙죽　❹ 아귀아귀　❺ 깨작깨작

벌컥벌컥
beol-keog-beol-keog

豪邁喝下飲料的聲音。咕嘟咕嘟。

소주를 병째로 벌컥벌컥 들이키고 있어요.

（一口氣咕嘟咕嘟喝下整瓶燒酒。）

꼴깍
kkol-kkag

少量的液體或食物一起嚥下的狀態。呱啦。

우엑, 컵 안의 벌레까지 그만 꼴깍 삼켜 버렸어요.

（噁哦！你把杯子裡的蟲子也一口氣喝下肚了。）

꿀꺽꿀꺽
kkul-kkeog-kkul-kkeog

將水或酒等豪邁喝下的模樣。咕搭、嗞咕。

물 한잔을 꿀꺽꿀꺽 한번에 다 마셨어요.

（整杯水就咕嚕一口氣喝光了。）

홀짝홀짝
hol-jjag-hol-jjag

不是一次喝光，每次喝一點點的狀態。一口一口。

혼자서 홀짝홀짝 마시지 말고 같이 마셔요.

（別一個人一點一點地喝酒，一起喝吧。）

후루룩
hu-lu-lug

發出聲音啜飲湯汁等的狀態，或是聲音。稀哩呼嚕。

커피 마시면서 후루룩 소리 내지 마세요.

（喝咖啡時，請不要發出稀哩呼嚕的聲音。）

▶ 從 中挑選出適當的字填入（　　　　）裡。◀

꼴깍　　벌컥벌컥　　후루룩　　홀짝홀짝　　꿀꺽꿀꺽

❶ 매일 밤 와인을 조금씩 (　　　　　) 마시더니 이젠 술이 많이 늘었네요.

❷ 무슨 술을 그렇게 급하게 (　　　　　) 물 마시듯이 쉬지도 않고 마셔요?

❸ 얼마나 목이 말랐으면 집에 오자마자 냉장고 문을 열고 생수병을 꺼내서는 (　　　　　) 한 병을 다 마셨어요.

❹ 그게 얼마나 몸에 좋은 건데. 그 귀한 걸 자기만 마시려고 한 입에 (　　　　　) 삼키다니 너무한다.

❺ 식사할 때까지는 좋았는데 후식으로 나온 차를 (　　　　　) 소리를 내서 마시는 순간 완전 깼어.

───────── 中文翻譯 ─────────

❶ 每天晚上都小酌紅酒，現在酒量增加了。

❷ 為什麼一直這麼急著喝酒，咕嘟咕嘟不停地像是喝水一樣呢。

❸ 到底有多渴，一回到家立刻打開冰箱把冷水拿出來，一口氣把一整瓶都喝光了。

❹ 那個東西對身體不知有多好，你卻想自己喝這麼貴重的東西而一口氣全部喝光了，真過分。

❺ 在用餐時都還很好，可是稀哩呼嚕喝完飯後茶的那一瞬間，對他的好印象完全破滅。

答案　❶ 홀짝홀짝　❷ 벌컥벌컥　❸ 꿀꺽꿀꺽　❹ 꼴깍　❺ 후루룩

25

쿨쿨
kul-kul

打鼾著睡著的狀態，或是打鼾的聲音。呼呼、稀哩呼嚕。

코까지 골면서 쿨쿨 자고 있네요.

（他甚至打著呼睡著了。）

새근새근
sae-geun-sae-geun

安靜舒適地睡著的狀態。酣睡。

새근새근 자는 얼굴이 너무 귀여워요.

（酣睡的模樣非常可愛。）

스르르
seu-leu-leu

不知不覺地陷入沉眠的狀態。輕輕地、靜靜地。

햇볕이 따뜻해서 저도 모르게 스르르 잠이 들었어요.

（陽光溫暖，我也不知不覺就睡著了。）

꾸벅꾸벅
kku-bog-kku-bog

頭或上半身前後搖晃著睡著的模樣。

너무 피곤해서 전철 안에서 꾸벅꾸벅 졸았어요.

（太累了，在電車裡就點頭打瞌睡了。）

설핏
seol-pit

陷入剛剛睡著的淺睡的模樣。

바람이 기분 좋아서 잠이 설핏 들었어요.

（風吹得很舒服，不知不覺就睡著了。）

▶ 從 [　　　] 中挑選出適當的字填入（　　　）裡。◀

| 꾸벅꾸벅　　설핏　　새근새근　　쿨쿨　　스르르 |

❶ 어젯밤에 잠 안 자고 뭐 했길래 회의 때 그렇게 （　　　　）
졸아요?

❷ 아기가 밥 먹다가 （　　　　） 잠든 모습이 너무 귀여워서 사
진을 찍었어요.

❸ 잠깐 （　　　　） 존 것 같은데 일어나 보니까 종점이었어.

❹ 아기가 천사처럼 （　　　　） 자는 모습은 하루 종일 보고
있어도 질리지가 않아요.

❺ 아니, 어떻게 처음 본 사람 집에 놀러 와서 저렇게
（　　　　） 잘 수가 있을까?

───── 中文翻譯 ─────

❶ 昨晚沒睡做什麼了？開會的時候都在點頭打瞌睡。

❷ 小寶寶吃飯吃到一半就睡著的模樣實在太可愛，就拍了照片。

❸ 我只是想要稍稍打個盹，沒想到醒來已經在終點站。

❹ 小寶寶像天使般酣睡的模樣，就是看上一整天也不會厭煩。

❺ 到底是怎麼回事，才會到初識的人家裡，還能睡得那麼熟？

答案 ❶ 꾸벅꾸벅 ❷ 스르르 ❸ 설핏 ❹ 새근새근 ❺ 쿨쿨

번쩍
beon-jjeog

動作或變化，在非常短的時間內發生的狀態。猛然、一下子、眼睛突然睜大貌。

밤중에 갑자기 눈이 **번쩍** 뜨였어요.

（半夜突然睜大眼睛。）

뭉그적뭉그적
mung-geu-jeog-mung-geu-jeog

行動不爽快，磨磨蹭蹭的狀態。拖延、磨蹭。

일어나기 싫어서 **뭉그적뭉그적**하고 있어요.

（不想起床一直磨磨蹭蹭。）

살금살금
sal-geum-sal-geum

一邊看狀況一邊悄悄行動的狀態。悄悄地。

아기가 안 깨게 **살금살금** 일어났어요.

（為了不吵醒小寶寶，悄悄地起床。）

빨딱
ppal-ttag

俐落起床的模樣。霍地、鯉魚打挺。

빨딱 일어나서 얼른 준비하세요.

（快點起床，洗臉刷牙。）

＊也可以使用발딱。

벌떡
beol-tteog

霍地、一骨碌、撲通。

알람 소리에 **벌떡** 일어났어요.

（聽到警報的聲音立刻一骨碌醒來。）

▶ 從 [　　　] 中挑選出適當的字填入 (　　　) 裡。◀

| 뭉그적뭉그적　　살금살금　　벌떡　　빨딱　　번쩍 |

❶ 자다가 갑자기 (　　　　　) 일어나더니 화장실로 달려가서 다 토하는 거예요.

❷ 물이 마시고 싶으면 남한테 시키지 말고 네가 (　　　　) 일어나서 얼른 갔다 와.

❸ 빨리 일어나라고 몇 번이나 깨웠는데도 계속 (　　　　)하다가 출발 시간 다 돼서 샤워하러 들어가잖아요.

❹ 처음에는 아침에 일찍 일어나기가 너무 힘들었는데 이제는 일어날 시간이 되면 자동적으로 눈이 (　　　　) 뜨여요.

❺ 아침 일찍 회의가 있어서 와이프가 안 깨도록 (　　　　) 일어나서는 문 닫고 나왔어요.

───── 中文翻譯 ─────

❶ 睡著突然呼地起身，衝進洗手間裡全部嘔吐出來。

❷ 如果想喝水，別叫別人，你自己俐落起身站起來快去快回。

❸ 叫了好幾次，要快點起床，你卻一直磨磨蹭蹭的拖到接近出發時間才去淋浴。

❹ 一開始要早起實在很辛苦，現在一到起床時間就會自動睜開眼睛醒來。

❺ 早上要開會，為了不吵醒妻子，我悄悄起床關上門出發。

答案　❶ 벌떡　❷ 빨딱　❸ 뭉그적뭉그적　❹ 번쩍　❺ 살금살금

專題 1 擬聲語 + 하다、거리다／대다、이다

在一般作為副詞使用的擬聲語後面，
加上「-하다」、「-거리다／대다」、「-이다」，
就能轉為動詞或形容詞。

-하다	질퍽질퍽하다（黏糊） 물씬물씬하다（熱氣蒸騰） 옥신각신하다（爭論）
-거리다/대다	어물거리다/대다（手忙腳亂） 중얼거리다/대다（喃喃低語） 찐득거리다/대다（黏糊糊）
-이다	딱이다（剛剛好） 번득이다（閃閃發光） 싱글벙글이다（笑咪咪）

像「따끔따끔」這樣的疊字詞，後面接的是「-하다」的字
詞，如果要單獨使用「따끔」，後面要接上「-거리다」，請特
別注意。

지끈지끈하다/지끈거리다	훌쩍훌쩍하다/훌쩍거리다
울먹울먹하다/울먹거리다	깨작깨작하다/깨작거리다
머뭇머뭇하다/머뭇거리다	소곤소곤하다/소곤거리다
미끌미끌하다/미끌거리다	재잘재잘하다/재잘거리다
글썽글썽하다/글썽거리다	두리번두리번하다/두리번거리다

第2章

차근차근
cha-geun-cha-geun

冷靜地或是仔細做事的模樣。有條有理、有板有眼。

차근차근 다시 한번 체크해 보세요.

（請再仔細確認一遍。）

힐끔힐끔
hil-kkeum-hil-kkeum

瞬間看一眼的狀態。一瞟一瞟、用眼斜看。

아까부터 사람들이 계속 **힐끔힐끔** 쳐다봐요.

（從剛才人們就一直偷瞄著這邊。）

두리번두리번
du-li-beon-du-li-beon

不停地、不斷看著附近的模樣。張望、探頭探腦。

그만 좀 **두리번두리번**하고 빨리 오세요.

（別再四處張望了，快來吧。）

멀뚱멀뚱
meol-ttung-meol-ttung

目光不離，毫不避諱地盯著看的狀態。直眼、直愣愣、愣睜睜地。目不轉睛地。

아까부터 왜 사람 얼굴을 **멀뚱멀뚱** 쳐다봐요?

（為什麼從剛才就直盯著人看？）

슬쩍슬쩍
seul-jjeog-seul-jjeog

不讓他人發現，偷偷摸摸的樣子。暗暗地、悄悄地、偷偷摸摸。

자꾸 내 휴대폰을 **슬쩍슬쩍** 훔쳐봐요.

（一直偷偷瞄著我的手機。）

▶ 從 [   ] 中挑選出適當的字填入 (   ) 裡。◀

| 멀뚱멀뚱　　힐끔힐끔　　차근차근　　두리번　　슬쩍슬쩍 |

❶ 자꾸 (　　　　　)거리지 좀 마세요.

❷ 더는 못 참아. 예쁜 여자만 보면 (　　　　　) 쳐다보는 사람을 어떻게 믿고 결혼하겠어.

❸ 사람을 불렀으면 뭔가 말을 해야지 왜 (　　　　　) 쳐다보고만 있어요?

❹ 서류에 사인하기 전에 반드시 한번 (　　　　　) 확인해 보시기를 권하고 싶군요.

❺ 안 보는 척하면서 내가 뭘 하는지 (　　　　　) 훔쳐보는 게 기분 나빠.

──────── 中文翻譯 ────────

❶ 請別一直四處張望。

❷ 我已經受不了了。一個只要看到美女就盯著看的人，我怎能相信他，和他結婚？

❸ 既然叫了人就該說話，為什麼只是直愣愣看著呢？

❹ 建議在文件上簽名之前，一定要仔細確認。

❺ 既裝作沒看見，卻又還偷偷看著我在做什麼，令人感到不舒服。

答案 ❶ 두리번　❷ 힐끔힐끔　❸ 멀뚱멀뚱　❹ 차근차근　❺ 슬쩍슬쩍

미주알고주알
mi-ju-al-go-ju-al

拗執地追究至細微之處的狀態。追根究底。

너무 **미주알고주알** 캐물어서 싫어요.

（太追根究底的細問，真是討厭。）

투덜투덜
tu-deol-tu-deol

訴說不平、不滿、抱怨的狀態。嘟嘟囔囔、嘀嘀咕咕。

뒤에서 **투덜투덜**하지 좀 마세요.

（別在背後嘀嘀咕咕的。）

소곤소곤
so-gon-so-gon

為免他人聽到而低聲的細語，或其狀態。悄悄、嘰嘰咕咕。

아까부터 둘이서 뭘 그렇게 **소곤소곤**해요?

（從剛才開始兩人就那樣子悄悄的在說些什麼？）

재잘재잘
jae-jal-jae-jal

說話很吵的狀態。嘰哩咕嚕、嘰嘰喳喳、婆婆媽媽。

하루종일 **재잘재잘**하고 아직도 할 말이 남았어요?

（都已經嘰嘰喳喳整天了，還有話可以說嗎？）

나불나불
na-bul-la-bul

輕薄多言的狀態。饒舌多言。嘰嘰呱呱。

아이스크림 하나에 **나불나불** 다 얘기했어요.

（請吃一根冰淇淋就一五一十的都說了。）

▶ 從 [   ] 中挑選出適當的字填入 (   ) 裡。◀

| 미주알고주알　　소곤소곤　　나불나불　　재잘　　투덜 |

❶ 사람 뒤에서 (　　　　　) 험담하는 게 너무 싫어.

❷ 옆에서 (　　　　　)대지만 말고 일 좀 거들어.

❸ 끝도 없이 (　　　　　)대는데 머리가 아파 죽는 줄 알았어요.

❹ 맛있는 거 사 준다고 하니까 자기가 먼저 (　　　　　) 다 애기하던데요.

❺ 부부 사이의 일까지 (　　　　　) 자기 엄마한테 다 일러바치는 남편을 보고 완전히 정떨어졌어요.

中文翻譯

❶ 最討厭那種在人背後嚼舌說壞話的人。

❷ 別在旁邊嘀嘀咕咕，也幫個忙吧。

❸ 嘰嘰喳喳說個沒完，頭痛得快死了。

❹ 說要請客，結果自己就先嘰哩呱啦地全盤托出。

❺ 看到把夫婦間的大小事全部告訴婆婆的丈夫，我整個崩潰了。

答案 ❶ 소곤소곤　❷ 투덜　❸ 재잘　❹ 나불나불　❺ 미주알고주알

설렁설렁
seol-leong-seol-leong

不重視細節，粗略地行事的狀態。輕輕鬆鬆。

설렁설렁 보지 말고 제대로 좀 읽어 보세요.

（不要隨便瞄瞄，要認真地讀。）

떠듬떠듬
tteo-deum-tteo-deum

因為不熟練在做事時看起來很不牢靠。不能順暢處理，靠不住的樣子。吞吞吐吐。笨笨磕磕。

이제 겨우 떠듬떠듬 읽을 수 있는 정도예요.

（現在才到能吞吞吐吐唸的程度而已。）

술술
sul-sul

所謂訓民正音，是指朝鮮世宗28年於世上頒布訓民正音28字時刻板印刷的刻板原件……

沒有任何遲滯，順暢讀出來的狀態。流利、流暢。

빨리 술술 읽을 수 없어요?

（不能迅速流利地讀出來嗎？）

쓱쓱
sseug-sseug

毫不停頓輕快進行的狀態。

이 볼펜 진짜 쓱쓱 잘 써지네요.

（這枝鋼珠筆，真的寫起來很順暢。）

삐뚤삐뚤
ppi-ttul-ppi-ttul

歪斜好幾次還繼續的模樣。歪歪斜斜。

글자가 너무 삐뚤삐뚤해서 전혀 못 읽겠어요.

（字寫得歪歪扭扭的根本看不懂。）

▶ 從 [＿＿＿] 中挑選出適當的字填入（　　　）裡。 ◀

| 술술　　떠듬떠듬　　설렁설렁　　쓱쓱　　삐뚤삐뚤 |

❶ 글씨가 너무 (　　　　　)하길래 유치원생이 쓴 건 줄 알았는데 네 남자 친구가 쓴 거였어?

❷ 세 살짜리가 영어 책을 저렇게 (　　　　　) 읽는데 난 이 나이가 되도록 뭐 한 거야?

❸ 이 펜이 좀 비싸기는 해도 힘 안 들이고 (　　　　　) 잘 써지니까 항상 이 펜만 쓰게 돼요.

❹ 일주일 전까지만 해도 (　　　　　) 읽던 사람인데 갑자기 너무 잘 읽으니까 멋있어 보이기까지 하네.

❺ 사람이 밤새워서 쓴 거를 (　　　　　) 한번 읽어 보고는 다시 쓰래.

中文翻譯
---

❶ 字實在是寫得歪歪斜斜，還以為是幼兒園生寫的，沒想到是你男朋友寫的。

❷ 3歲的小孩可以這麼流暢的讀英語書，真不知道我長到這麼大是在做什麼。

❸ 這枝筆雖然比較貴，但不須用力就能順暢書寫，所以我一直都使用這枝筆。

❹ 一週前還吞吞吐吐讀的人，突然就可以讀得這麼好，真帥。

❺ 人家熬夜寫出來的東西，只是粗略看過一遍就説要重寫。

答案 ❶ 삐뚤삐뚤　❷ 술술　❸ 쓱쓱　❹ 떠듬떠듬　❺ 설렁설렁

아장아장
a-jang-a-jang

幼兒等以搖搖晃晃的步伐走路的模樣。趔趔趄趄、跌跌撞撞。

아기가 벌써 **아장아장** 걷네요.

（小寶寶已經會跌跌撞撞地走路。）

성큼성큼
seong-keum-seong-keum

以大的步伐往前走的樣子。大步、放步、闊步。

어느새 **성큼성큼** 앞서 걷기 시작했어요.

（不知何時已開始大步向前走。）

느릿느릿
neu-lin-neu-lit

動作遲鈍，慢騰騰的樣子。慢慢、慢騰騰、緩緩。

느릿느릿 걷지 말고 빨리 좀 와.

（別走得慢騰騰的，快點過來。）

터덜터덜
teo-deol-teo-deol

沒有精神地往前走的樣子。慢慢騰騰地走。

터덜터덜 걸어가는 뒷모습이 불쌍해 보여요.

（無精打采地走的背影，看起來很可憐。）

어슬렁어슬렁
eo-seul-leong-eo-seul-leong

沒有目的到處晃盪的樣子。慢悠悠、晃蕩、徘徊。

하루 종일 어디를 **어슬렁어슬렁** 돌아다녔어요?

（一整天都到哪裡晃盪去了？）

▶ 從 [_____] 中挑選出適當的字填入 ( ) 裡。 ◀

| 아장아장 느릿느릿 터덜터덜 어슬렁 성큼성큼 |

❶ 시간 없으니까 그렇게 ( ) 걷지 말고 빨리 좀 뛰어오세요.

❷ 고등학생이 학교는 안 가고 대낮부터 이런 곳을 ( ) 거려도 되는 거야?

❸ 데이트할 때도 혼자서 ( ) 걸어가 버리니까 정말 내 생각은 조금도 안 해 주는 것 같아.

❹ 어느새 저렇게 커서 ( ) 걷는 걸 보니 시간 가는 게 너무 빠른 것 같아요.

❺ 실망한 얼굴로 돌아서서 어깨가 축 처져서 ( ) 걸어가는 걸 보니까 내 마음도 안 좋았어요.

中文翻譯

❶ 沒有時間了，別慢騰騰的走，快跑。
❷ 高中生不去學校，大白天就在這種地方晃蕩，這樣好嗎？
❸ 約會的時候也是自己一個人快步走，好像一點也沒考慮過我。
❹ 看到他長大，跌跌撞撞走著的模樣，時間好像過得飛快。
❺ 看到他一臉失望、雙肩下垂落寞地走開的背影，我的心情也不好。

答案 ❶ 느릿느릿 ❷ 어슬렁 ❸ 성큼성큼 ❹ 아장아장 ❺ 터덜터덜

UNIT 15 吵鬧

와글와글
wa-geul-wa-geul

聚集在一處許多的吵鬧聲,或是這樣的狀況。喧鬧、吵吵嚷嚷。

사람들이 와글와글 떠들어서 정신이 없어요.

(人們吵吵嚷嚷的喧鬧,讓我心頭亂糟糟。)

꺅꺅
kkyag-kkyag

吃驚、害怕或是因為興奮而騷動,發出興奮的聲音。喳、啞啞。

콘서트 내내 꺅꺅 소리를 질렀어요.

(演唱會中一直興奮尖叫。)

와자지껄
wag-ja-ji-kkol

大群人吵鬧的聲音,或是這樣的情況。喧嘩、喧鬧。

시장에 온 것처럼 와자지껄하네요.

(好像來到市場一般鬧哄哄地。)

쿵쾅쿵쾅
kung-kwang-kung-kwang

衝來衝去大吵大鬧的聲音或是狀況。咕咚、嗵、轟轟隆隆。

옆방 사람이 아침부터 쿵쾅쿵쾅 너무 시끄러워요.

(隔壁房間的人從一大早就轟轟隆隆地吵鬧著。)

시끌시끌
si-kkeul-si-kkeul

一大群人聚集在一起喧騰的狀況。喧囂、吵鬧、喧騰。

지금 그 뉴스로 온 나라가 시끌시끌해요.

(現在因那個新聞全國在喧騰著。)

▶ 從 [　　　] 中挑選出適當的字填入 (　　　) 裡。 ◀

시끌시끌　　꺅꺅　　와자지껄　　와글와글　　쿵쾅쿵쾅

❶ 기자 회견 때 보인 태도랑 발언이 문제가 돼서 연일
(　　　　　)해요.

❷ 새로 온 남자 선생님을 보고 여학생들이 (　　　　　) 난리를
떠는데 도대체 어디가 멋있다는 거야?

❸ 한밤중에 옆집에서 (　　　　　)하는 소리가 들리면 부부 싸
움하는 거니까 무시하세요.

❹ (　　　　　) 떠드는 소리가 여기까지 들리는 걸 보니 다들 재
미있게 놀고 있나 보네요.

❺ 선생님이 교실에 들어왔는데도 학생들은 자기들끼리
(　　　　　) 떠들면서 무시하는 태도를 보였어요.

───── 中文翻譯 ─────

❶ 在記者會中表現出來的態度與發言有問題，已經喧騰好幾天。

❷ 看到新來的男老師，女學生們都興奮尖叫，究竟是哪裡帥了？

❸ 如果半夜聽到隔壁傳來吵鬧聲，那是夫妻吵架，請當作沒聽到。

❹ 吵嚷的聲音傳到過裡，看來大家都很快樂的玩著。

❺ 老師都已經進教室了，學生們卻還是自顧自吵吵鬧鬧，表現出不理會的態
度。

答案 ❶ 시끌시끌　❷ 꺅꺅　❸ 쿵쾅쿵쾅　❹ 와자지껄　❺ 와글와글

開／關

드르륵
deu-leu-leug

推拉門的開關、硬質車輪轉動的聲音。咔溜、嗒。

셔터 문을 드르륵 여는 소리가 들렸어요.

（傳來嘎啦嘎啦的開鐵捲門的聲音。）

벌컥
beol-keog

輕巧迅速作出動作的樣子。翻騰、猛然。

갑자기 문이 벌컥 열려서 깜짝 놀랐어요.

（門突然打開，嚇我一跳。）

펑
peong

打開瓶蓋時的聲音。砰、嘣。

특별히 준비한 샴페인 병을 펑 하고 땄어요.

（砰一聲打開特別準備的香檳酒瓶。）

탁
tag

輕的物品翻倒、撞上的聲音。啪、啪嗒、突然。

모두 책을 탁 덮고 문제를 풀기 시작했어요.

（大家啪嗒闔上書本，開始作答。）

쾅
kwang

物品用力撞上、倒下的聲音，或是這樣的狀態。
乒、咕噔、哐。

차 문을 그렇게 세게 쾅 닫으면 어떡해요.

（車門那麼用力哐地關上，我該怎麼辦？）

▶ 從 [ ] 中挑選出適當的字填入 ( ) 裡。◀

드르륵　벌컥　쾅　펑　탁

❶ 네가 만날 차 문을 ( ) 닫으니까 문이 고장났잖아.

❷ 샴페인 마개를 ( ) 따는 소리와 동시에 축하 연주가 시작됐어요.

❸ 문 좀 ( ) 열지 말고 먼저 노크를 하라고 몇 번을 얘기를 했어요. 사람이 말이야, 매너가 없어, 매너가.

❹ 솔직하게 얘기해 달라고 해서 말했을 뿐인데 기분이 나빴는지 읽고 있던 책을 ( ) 덮고는 방을 나가 버렸어요.

❺ 셔터 문이 ( ) 열리는 소리가 들리는 걸 보니 다행히 오늘은 출근했나 봐요.

───── 中文翻譯 ─────

❶ 你每天都這麼用力關車門,所以車門才會壞掉。

❷ 在砰的一聲打開香檳的同時,祝賀的演奏開始了。

❸ 已經說過幾次不可以突然開門,要先敲門。你啊!不懂禮節,要懂禮節。

❹ 我只是因為他要我照實說,我就說了而已,他大概是覺得不舒服,啪嗒闔起正在看的書就出去了。

❺ 聽到鐵捲門嘎啦嘎啦打開的聲音,還好今天他們有上班。

答案 ❶ 쾅 ❷ 펑 ❸ 벌컥 ❹ 탁 ❺ 드르륵

見面／分離

딱
ttag

與意料之外的人遇上的情況。正好、恰好。

선보는 자리에서 첫사랑과 **딱** 마주쳤어요.
（在相親的場合裡與初戀的情人碰上了。）

부쩍
bu-jjeog

（事物）突然增加、減少的狀態。猛然、一下子。

두 사람 사귀어요? 요즘 **부쩍** 자주 만나네요.
（他倆在交往嗎？最近突然很頻繁的見面。）

확
hwag

毫不猶豫、明快地處理的狀態。突然、呼地一下。

화가 나서 그만 **확** 헤어지자고 했어요.
（氣憤之下，一口就説出要分手。）

뜨문뜨문
tteu-mun-tteu-mun

時間上並不頻繁、稀少的狀態。零零星星、稀稀落落。

서로 시간 맞을 때만 **뜨문뜨문** 만나요.
（只有在兩人的時間都方便的時候，偶爾見面。）

울며불며
ul-myeo-bul-myeo

大聲哭泣喊叫的狀態。哭喊、哭天抹淚。哭哭啼啼、呼天搶地。

부모님 반대에 **울며불며** 헤어졌어요.
（在父母反對下，哭啼啼中分手了。）

▶ 從 [　　　　] 中挑選出適當的字填入（　　　　）裡。◀

| 울며불며　딱　확　뜨문뜨문　부쩍 |

❶ 이번에야말로 정말 (　　　　　) 헤어지려고 했는데 한번만
더 믿어 달라는 말에 흔들리는 내가 한심해.

❷ 저 두 사람 왠지 수상하지 않아요? 별 이유도 없이 요즘 둘이
서만 (　　　　) 자주 만나는 것 같단 말이에요.

❸ 그 사람하고 안 만나려고 계속 피해 다녔는데 하필이면 화장
실에서 (　　　　) 부딪쳤지 뭐예요.

❹ 연예인들이 바빠서 (　　　　) 만나다 보니까 자연스럽게
헤어지게 됐다는 말, 너무 많이 들어서 질린다.

❺ 헤어졌다고 술 먹고 (　　　　) 난리를 친 게 엊그제인데 벌
써 다른 남자를 만난다는 말이에요?

中文翻譯

❶ 都已經下定決心這次一定要分手，聽到再相信他一次的話就動搖的我真令
人心寒。

❷ 那兩人是不是有點怪？也沒什麼重要理由，兩個人突然頻繁見面。

❸ 一直不想跟他見面迴避他，好死不死就在廁所遇個正著。

❹ 藝人們因為太忙只有偶而見面，於是就自然分手的故事，已經聽到不想再
聽了。

❺ 説是分手而喝酒，又哭得呼天搶地的。才前幾天的事而已，怎麼現在已經
在和別的男人約會了？

答案 ❶ 확　❷ 부쩍　❸ 딱　❹ 뜨문뜨문　❺ 울며불며

UNIT 18 猶豫／決斷

딱
ttag

毅然決定態度的模樣。啪。果斷地。

싫다고 한마디로 딱 잘라 거절했어요.

（我就說「不要」，一句話就拒絕了。）

다짜고짜
da-jja-go-jja

沒有準備或預告，突然就做。不由分說、不容分說、不分皂白。

사람 말을 다짜고짜 거절부터 하지 마세요.

（別人說的話，不要不分青紅皂白就拒絕。）

우물쭈물
u-mul-jju-mul

做事不俐落，而是拖泥帶水的樣子。磨蹭、拖泥帶水。

아직도 우물쭈물 망설이고 있어요.

（還在猶猶豫豫中。）

머뭇머뭇
meo-meut-meo-meut

人的動作或物事的進行慢吞吞的、拖拖拉拉的樣子。羞澀、扭捏。

머뭇머뭇하지 말고 빨리 고백하세요.

（別再扭扭捏捏，快點告白吧。）

주저주저
ju-jeo-ju-jeo

猶豫或害羞，無法做想做的事情而遲疑的樣子。猶豫不決的樣子。猶豫不決、猶疑兩可。

주저주저하면서도 결국 서류에 사인했어요.

（即使猶豫不決，最後還是在文件上簽名。）

▶ 從 ☐ 中挑選出適當的字填入（　　　）裡。◀

┌───┐
다짜고짜　　 딱　　 머뭇머뭇　　 우물쭈물　　 주저주저
└───┘

❶ 매번 내가 뭔가 부탁하려고 하면 들어 볼 생각도 안 하고
（　　　　　）거절부터 하는 이유가 뭐예요?

❷ 자기 실력이 아니라 아버지 때문에 뽑아 주는 거라면 사양하
겠다고（　　　　　）거절하는데 진짜 멋있더라.

❸（　　　　　　）하면서도 결국은 하잖아. 그럼 처음부터 한다고
하면 될 걸 왜 저래?

❹ 결단력이 없어서 메뉴 하나 고를 때도（　　　　　）망설이는
남자, 정말 매력없다.

❺ 좋으면 좋다고 빨리 고백하세요. 그렇게（　　　　　）하는 사
이에 다른 사람이 먼저 고백하면 어쩌려고 그래요?

───────────────── 中文翻譯 ─────────────────

❶ 每次當我想要拜託你做些什麼事時，不聽就拒絕的理由是什麼呢？

❷「如果不是因為我自己的實力，而是因為父親的關係而選我的話，就要謝
謝了」，他這樣說，果斷拒絕實在是太帥了。

❸ 猶猶豫豫最後還是要做，既然如此一開始就說要做就好了，何必當初。

❹ 沒有決斷力連點個菜都磨磨蹭蹭的男人，完全沒有魅力。

❺ 如果喜歡就趕快去告白，在拖拖拉拉的時候，被別人搶先告白了可如何是
好？

───

答案 ❶ 다짜고짜　❷ 딱　❸ 주저주저　❹ 우물쭈물　❺ 머뭇머뭇

下雨／下雪

19

좍좍
jwag-jwag

雨水激烈落下的聲音或是水激烈流動的聲音。嘩啦。

갑자기 비가 **좍좍** 쏟아져서 쫄딱 다 젖었어요.

（雨突然嘩啦嘩啦地傾洩而下，全身都淋濕了。）

부슬부슬
bu-seul-bu-seul

雨靜靜落下的模樣。淅瀝。

비가 **부슬부슬** 내리니까 기분까지 처지네요.

（雨淅瀝淅瀝下著，連心情都變得低落。）

찔끔찔끔
jjil-kkeum-jjil-kkeum

小雨間歇下著的模樣，偶陣雨、一點一點地。

비가 **찔끔찔끔** 오니까 우산 가지고 가세요.

（雨間歇地下著，帶雨傘出門吧。）

드문드문
deu-mun-deu-mun

粒狀物品稀稀疏疏落下、散開的聲音，或是狀態。零星、斷斷續續。

오후부터 **드문드문** 눈이 내리기 시작했어요.

（下午開始，雪就稀稀落落地下著。）

펑펑
peong-peong

雪或霰不斷地落下的模樣。〔（雪無聲）〕，暴雪貌。

밤새 눈이 **펑펑** 내려서 무릎까지 쌓였어요.

（一整晚雪大片大片地下著，積到了膝蓋。）

▶ 從 ☐ 中挑選出適當的字填入（ ）裡。◀

| 부슬부슬 | 좍좍 | 펑펑 | 드문드문 | 찔끔찔끔 |

❶ 창문 열어 보세요. 지금 눈이 ( ) 내리고 있어요.

❷ 이렇게 비가 ( ) 내리는 날에는 공포 영화가 딱 인데.

❸ 오후부터 ( ) 내리던 눈이 비로 바뀌더니 밤 새도록 폭우가 쏟아졌어요.

❹ 전 ( ) 기세 좋게 내리는 비를 보고 있으면 왠지 좋은 일이 생길 것만 같아요.

❺ 아침에 출근할 때는 날씨가 화창했는데 오후부터 갑자기 흐려지더니 비가 ( ) 내리기 시작했어요.

中文翻譯
---

❶ 請開窗看看。現在雪正大片大片下著呢。

❷ 像這樣淅瀝淅瀝下著雨的日子，恐怖電影是最適合的了。

❸ 下午開始疏疏落落下的雪變成雨，暴雨傾洩了一整晚。

❹ 我看到傾盆而下的大雨，不知為何就覺得有好事會發生。

❺ 早上上班時還是舒暢的好天氣，下午突然開始變陰，雨就間歇地下了起來。

答案 ❶ 펑펑 ❷ 부슬부슬 ❸ 드문드문 ❹ 좍좍 ❺ 찔끔찔끔

주르륵
ju-leu-leug

在光滑的表面上瞬間滑倒的模樣。簌簌、咻溜。

눈길 위에서 주르륵 미끄러졌어요.

（在雪路上面咕溜滑倒了。）

미끌미끌
mi-kkeul-mi-kkeul

光滑、容易滑倒的模樣。滑溜。

바닥이 미끌미끌하니까 조심하세요.

（地板很滑溜，請小心。）

줄줄
jul-jul

一點點滑落下來、後退的狀態。欸欸、刷刷、流暢。

어깨끈이 자꾸 줄줄 내려와요.

（肩帶一直滑落下來。）

스르르
seu-leu-leu

安靜滑下的動作、順暢的狀態。輕輕地、靜靜地。

아이 혼자서 미끄럼틀 위에서 스르르 내려왔어요.

（小孩自己從滑梯上嗲地溜下來。）

쭉
jjug

有氣勢而順暢地滑下的狀態。嗤、一口氣。

비탈길에서 쭉 미끄러져서 허리를 다쳤어요.

（在坡道上滑了一跤，傷到了腰。）

▶ 從 ☐ 中挑選出適當的字填入 ( ) 裡。◀

| 줄줄 | 주르륵 | 미끌미끌 | 스르르 | 쭉 |

❶ 바닥이 ( )해서 애들이 놀기에는 좀 위험할 것 같아요.

❷ 사이드 브레이크 거는 걸 깜빡하고 내렸는데 차가 ( ) 미끄러지더니 전봇대를 받아 버렸어요.

❸ 치마를 입었는데 사람들 앞에서 ( ) 미끄러지는 바람에 치마가 말려 올라가서 창피해 죽을 뻔 했어.

❹ 저 위에서 눈썰매를 타고 ( ) 미끄러져 내려오는 코스인데 몇 번을 타도 질리지가 않아요.

❺ 살이 빠진 건 좋은데 치마허리가 너무 커서 잡고 있지 않으면 ( ) 내려가요.

───── 中文翻譯 ─────

❶ 地板滑溜溜的，我覺得讓孩子們在這裡玩有些危險。

❷ 下車時忘記拉上手剎車，車子就滑著撞上電線桿。

❸ 穿著裙子卻在人前滑一跤，裙子也翻起來，真是丟臉到死了。

❹ 從那上面，乘著雪橇嗖地往下滑的路線，不管滑幾次都不厭倦。

❺ 瘦下來當然好，但是裙子的腰太鬆，不抓著就會一直滑溜下來。

答案 ❶ 미끌미끌 ❷ 스르르 ❸ 주르륵 ❹ 쭉 ❺ 줄줄

韓國語擬聲語規則❶

韓語的擬聲語，規則是陽性母音（ㅏ、ㅗ）與陽性母音配對，陰性母音（ㅓ、ㅜ）與陰性母音配對！這在文法用語中稱為「母音調和」。

陽性母音語感		陰性母音語感
·小	⟷	·大
·少	⟷	·多
·淺	⟷	·深
·明亮	⟷	·陰暗
·輕	⟷	·重
·快	⟷	·慢
·弱	⟷	·強
黑漆漆	깜깜	껌껌
吵吵嚷嚷	복작복작	북적북적
一蹦一蹦	깡총깡총	껑충껑충
嘩啦嘩啦	퐁당퐁당	풍덩풍덩

不過，最近像「깡충깡충（一蹦一蹦）」這樣不符合「母音調和」規則的表現，也經常被使用。

第3章

切

싹둑
ssag-dug

以刀具猛烈或是毫不遲疑地切割的狀態。咔嚓。

갑자기 머리를 싹둑 자르고 나타나서 놀랐어요.

（突然就把頭髮咔嚓剪掉現身，嚇了我一跳。）

팍
pag

熟練地切、割物品的樣子。啪啦。

가위를 꺼내서는 긴 머리를 팍 잘랐어요.

（取出剪刀，啪啦就剪掉長髮。）

금직금직
keum-jig-keum-jig

很大的樣子。大。

야채는 전부 큼직큼직하게 썰어 주세요.

（請把蔬菜全部切成大塊。）

삭둑삭둑
sag-ddug-sag-ddug

以剪刀等輕快剪開物品的聲音，或是狀況。咔嚓咔嚓。

이 가위, 삭둑삭둑 잘도 잘리네요.

（這把剪刀，咔嚓咔嚓地很好剪呢。）

뭉텅뭉텅
mung-teong-mung-teong

持續切成大塊的樣子。

무를 뭉텅뭉텅 썰어서 김치를 담갔어요.

（蘿蔔大塊切，醃漬泡菜。）

▶ 從 [　　　　] 中挑選出適當的字填入（　　　　）裡。◀

뭉텅뭉텅　　삭둑삭둑　　팍　　큼직큼직　　싹둑

❶ 마지막으로 파랑 두부를 (　　　　　　)하게 썰어서 넣으면 끝
   이니까 아주 간단한 요리예요.

❷ 쟤는 남자 친구랑 헤어지면 제일 먼저 하는 게 둘이 찍은 사
   진을 다 꺼내서는 (　　　　　) 자른 다음에 태우는 거야.

❸ 남자 친구가 긴 머리를 좋아해서 사귀는 동안 계속 기르더니
   그 머리를 (　　　　　) 자르면서 미련도 같이 버렸대요.

❹ 앞머리를 자르면 훨씬 어려보일테니까 망설이지 말고 그냥
   (　　　　　) 잘라 버려.

❺ 남자들이 요리하는 걸 보고 있으면 같은 재료라도 여자들과
   는 다르게 (　　　　　) 써는 게 재미있어.

中文翻譯

❶ 最後把蔥與豆腐切成大塊放進去就完成了，非常簡單的料理。

❷ 她與男朋友分手後做的第一件事，就是拿出兩人拍過的所有照片剪碎燒
   掉。

❸ 因為男友喜歡長髮所以在交往期間一直留著，但把這頭髮都一刀剪了，說
   是把不捨之情也一起拋棄了。

❹ 剪瀏海看起來會比較年輕，不要遲疑了快點剪吧。

❺ 看到男人煮飯，即便是相同的材料，卻和女性不同會切成大塊，真是有
   趣。

答案　❶ 큼직큼직　❷ 삭둑삭둑　❸ 싹둑　❹ 팍　❺ 뭉텅뭉텅

탁
tag

重而硬的物品撞上的聲音，或是狀態。啪嗒。

아까 책상 모서리에 머리를 탁 부딪혔어요.

（剛才頭不小心撞上桌角。）

딱
ttag

小而硬的物品輕輕相撞的聲音，或是狀態。啪、砰。

공이 배트에 맞는 소리가 딱 하고 들렸어요.

（聽到球打在球棒上砰一聲的聲音。）

쿵
kung

大而重的物品相撞的聲音，或是狀態。咚、咕咚。

실수로 앞차를 쿵 하고 박아 버렸어요.

（一個不小心咕咚撞到前面的車子。）

톡
tog

輕敲物品、輕輕撞上的聲音，或是狀況。

가볍게 톡 부딪쳤는데 멍이 들었어요.

（只是輕輕撞了一下，就瘀青了。）

꽝
kkwang

用力撞上、撞到堅硬物品時發出的聲音。咕噔。

문틀에 이마를 꽝 부딪쳐서 피가 났어요.

（頭咕噔撞上門框，流血了。）

▶ 從 ☐中挑選出適當的字填入（　　　）裡。◀

┌─────────────────────────────┐
│　쿵　　탁　　꽝　　톡　　딱　│
└─────────────────────────────┘

❶ 교통사고 났을 때 머리를 (　　　　　) 부딪쳐서 일시적인 기억 상실이 왔대요.

❷ 걷다가 우연히 어깨가 (　　　　　) 하고 가볍게 부딪쳤을 뿐인데 아프다고 난리잖아요.

❸ 문 열 때 실수로 이마를 (　　　　　) 하고 박았는데 오늘 일어나 보니까 이렇게 큰 혹이 나 있잖아요.

❹ 유리 칸막이가 있는 줄 모르고 걷다가 (　　　　　) 부딪쳤는데 너무 창피해서 아프다고도 못 했어요.

❺ (　　　　　) 하는 소리가 들려서 고개를 든 순간 날아온 공에 머리를 맞고 기절했어요.

───────── 中文翻譯 ─────────

❶ 聽說是發生車禍時頭撞了一下，暫時失去了記憶。

❷ 只不過是走路的時候不小心輕輕撞到了肩膀一下而已，卻叫痛。

❸ 開門的時候不小心撞到額頭，今天起床就看到腫了這麼大包。

❹ 不知道有玻璃隔間，走過來撞了一嚇，太丟臉了，就是痛也不敢說出口。

❺ 聽到砰一聲抬起頭的瞬間，就被飛過來的球打到頭，昏了過去。

答案 ❶꽝 ❷톡 ❸탁 ❹쿵 ❺딱

꽝
kkwang

重而硬的物品撞到時的聲音、狀態。咕噔。

그렇게 꽝 놓으면 컵이 깨지잖아요.
（那麼用力放在桌上，杯子會破的吧。）

쿵
kung

大而重的物品撞到的聲音，或是狀態。咚、咕咚。

배달원이 세탁기를 쿵 하고 놓고는 가 버렸어요.
（送貨員把洗衣機咚一聲放下就走了。）

딜링
dal-lang

只有一個，孤零零放著的樣子。孤零零。

책상 위에 메모만 달랑 놓여 있었어요.
（桌上只孤零零放著一張備忘錄。）

꽉
kkwag

用力、握緊的狀態。緊緊、滿滿、用力。

주사 맞은 곳을 잠시만 꽉 누르고 계세요.
（打針的地方請暫時用力壓緊。）

꾹꾹
kkug-kkug

用力推或拉的狀態。使勁。

위에서 무릎으로 꾹꾹 누르면 가방이 닫힐 거예요.
（從上面用膝蓋用力壓，就可以把行李箱關上。）
＊也可以使用꾹。

▶ 從 ☐ 中挑選出適當的字填入（　　　　）裡。◀

| 달랑　꽉　쿵　꽝　꾹꾹 |

❶ (　　　　　) 놓으면 깨질 염려가 있으니까 조심하세요.

❷ 밥 안 먹었어요? 힘줘서 (　　　　　) 눌러 보세요.

❸ 이 무거운 걸 유리 테이블 위에 그렇게 (　　　　　) 놓으면 어떡해요.

❹ 아까까지는 피가 계속 났는데 손수건으로 잠시 (　　　　　) 누르고 있었더니 지금은 멎었어요.

❺ 초인종 소리가 나서 나가 보니까 현관 밖에 커다란 택배 상자만 (　　　　　) 놓여 있었어요.

─── 中文翻譯 ───

❶ 大力放的話，怕會破掉，請小心一點。

❷ 沒吃飯嗎？請用力壓一下。

❸ 這麼重的東西，又那麼咕咚一下放在玻璃桌上，這樣不行吧。

❹ 剛才一直流血，用手帕用力壓緊了一下，現在血停了。

❺ 聽到電鈴聲開門，只見玄關外面放著巨大的宅配箱。

答案 ❶ 꽝 ❷ 꾹꾹 ❸ 쿵 ❹ 꽉 ❺ 달랑

빠빠
ppag-ppag

用力摩擦物品的樣子。嘎吱、嚓嚓。

바닥은 솔로 빠빠 문질러 씻으세요.

（請用刷子擦洗地板。）

＊也可以使用싹싹。

대충대충
dae-chung-dae-chung

粗略做物事的狀態。粗枝大葉、馬馬虎虎。

대충대충 씻고 빨리 와서 식사하세요.

（大略洗洗，快點來用餐吧。）

주물럭주물럭
ju-mul-leog-ju-mul-leog

不斷地重複揉搓。反覆搓揉的狀態。

손으로 부드럽게 주물럭주물럭 빨면 돼요.

（用手輕輕揉搓洗滌就可以了。）

꼼꼼히
kkom-kko-mi

仔細、或是確實地施行物事的狀態。仔細。

구석구석까지 꼼꼼히 씻으세요.

（請仔細將各個地方都充分洗乾淨。）

살살
sal-sal

動作不用力、輕巧地。輕輕。

흐르는 물에 살살 비벼 빨면 괜찮아요.

（在流水中輕輕搓揉洗一下就好了。）

▶ 從 ⬚ 中挑選出適當的字填入（　　　）裡。◀

| 대충대충　빡빡　살살　주물럭주물럭　꼼꼼히 |

❶ 얼룩을 지우려면 세제를 묻혀서 (　　　　) 비벼 빨아야지
　그래서야 얼룩이 빠지겠어요?

❷ 이런 옷은 세게 비벼 빨면 안되니까 담궈 뒀다가 그냥
　(　　　　) 헹구는 정도로 하세요.

❸ 욕실 청소할 때 설렁설렁하지 말고 (　　　　) 하라고 몇 번
　을 얘기했어요?

❹ 스타킹은 그냥 욕실에서 손으로 (　　　　) 빨아서 넣어 놓
　으면 내일 다시 신을 수 있어요.

❺ 지각할 것 같으니까 지금은 (　　　　) 씻고 나중에 밤에
　목욕을 하든 샤워를 하든 해.

───── 中文翻譯 ─────

❶ 想要拭掉髒污，必須沾上洗劑搓揉才行，用這種方式髒污能除掉嗎？

❷ 這類的衣服不能用力搓洗，請先浸泡一下然後輕輕沖乾淨就好了。

❸ 說過幾次了？打掃浴室的時候，不可馬馬虎虎，要確實打掃乾淨。

❹ 絲襪在浴室裡用手搓洗後晾乾，明天就可以再穿。

❺ 快遲到了，現在先簡單洗一下，等晚上再洗澡或是淋浴。

答案 ❶ 빡빡　❷ 살살　❸ 꼼꼼히　❹ 주물럭주물럭　❺ 대충대충

팔랑팔랑
pal-lang-pal-lang

薄而輕的物品搖動的樣子。飄飄。

바람에 꽃잎이 **팔랑팔랑** 떨어져요.

（花瓣因風而飄舞掉落。）

꽝
kkwang

重而硬的物品掉落地板的聲音。乒、砰、轟、咣、咕嚕。

베란다의 화분이 **꽝** 하고 떨어졌어요.

（陽台上的花盆砰地掉下來。）

툭
tug

不大的物品、不重的物品掉落或倒下的聲音，或是狀態。啪、砰。

주머니에서 핸드폰이 **툭** 떨어졌어요.

（手機從口袋裡啪地掉下來。）

뚝뚝
ttug-ttug

粒狀物品不斷滴落的狀態。滴滴答答、啪噠啪噠、喀嚓喀嚓。

저도 모르게 눈물이 **뚝뚝** 떨어졌어요.

（不知不覺之間，眼淚滴滴答答掉下來。）
＊也可使用뚝。

똑똑
ttog-ttog

水滴不斷落下的聲音或狀態。滴答。

비만 오면 천장에서 빗물이 **똑똑** 떨어져요.

（一下雨，雨水就從天花板滴滴答答掉下來。）

▶ 從 ☐ 中挑選出適當的字填入（ 　　　）裡。◀

꽝　　툭　　뚝뚝　　팔랑팔랑　　똑똑

❶ 그 큰 눈에서 눈물이 (　　　　　) 떨어지는 순간 내 가슴이 찢어질 듯이 아팠어요.

❷ 빗물이 양철 지붕에 (　　　　) 떨어지는 소리를 듣고 있으니까 이상하게 마음이 진정이 돼요.

❸ (　　　　) 날리는 벚꽃이 마치 영화 속의 한 장면같이 환상적이에요.

❹ 차 위에 사람이 (　　　　) 떨어지는 장면은 영화에서는 몇 번 봤지만 실제로 보게 될 줄은 몰랐어요.

❺ 자는데 책장 위의 장식품이 (　　　　) 떨어지는 소리가 나더니 집 전체가 심하게 흔들리기 시작했어요.

───── 中文翻譯 ─────

❶ 當眼淚從那大大的眼睛中落下的瞬間，我的胸口有如撕裂般疼痛。

❷ 聽到雨滴落在鐵皮屋頂上的聲音，心情不可思議地平靜下來。

❸ 飄落的櫻花，有如電影中的場景般夢幻。

❹ 人砰地掉在車上的場景，在電影裡看過許多次，沒想到竟然能夠親眼看到。

❺ 睡著之後，聽到書架上的裝飾品啪地掉下的聲音，之後整個房子就劇烈搖晃起來。

答案　❶ 뚝뚝　❷ 똑똑　❸ 팔랑팔랑　❹ 꽝　❺ 툭

빙빙
bing-bing

物品輕而連續地快速迴轉的狀態。旋轉。

눈이 **빙빙** 돌 정도로 바쁜 하루였어요.

（讓人眼睛打轉的忙碌的一天。）

＊也可以使빙글빙글。

핑
ping

突然暈眩站不穩的樣子。滴溜溜、暈呼呼。

일어서는 순간 갑자기 눈앞이 **핑** 돌았어요.

（站起來的瞬間，突然眼前昏暗了一下。）

홱
hwaeg

迅速地移動物品的樣子。倏地。

나를 보고는 고개를 **홱** 돌렸어요.

（看到我就馬上別過臉去。）

빙
bing

在周圍走動、環繞著的樣子。兜圈地、圓圓地、繞。

주위를 한 바퀴 **빙** 돌면서 시간을 때웠어요.

（在附近繞了一圈打發時間。）

빙그르르
bing-geu-leu-leu

輕快地轉一圈的樣子。滴溜溜。

제자리에서 한번 **빙그르르** 돌아 보세요.

（請在原地轉一圈。）

▶ 從 [   ] 中挑選出適當的字填入（   ）裡。◀

┌───┐
│ 빙글빙글   홱   빙   핑   빙그르르 │
└───┘

❶ 그 이야기를 듣는 순간 눈앞이 (   ) 돌면서 정신을 잃었어요.

❷ 너를 보면 얼굴이 빨개져서 고개를 (   ) 돌리는 건 싫어하는 게 아니라 반대로 좋아한다는 표시야.

❸ 무대 위에서 (   ) 돌면서 춤추는 그녀를 본 순간 한눈에 반해 버렸어.

❹ 대학 입학식에서 입을 옷을 미리 입고는 (   ) 돌면서 잘 어울리냐며 묻는데 언제 이렇게나 컸는지 그 모습에 눈물이 났어요.

❺ 택시 운전수가 길을 몰라서 (   ) 돌아오는 바람에 요금이 많이 나왔는데 왜 손님이 그 돈을 내야 돼요?

─────────── 中文翻譯 ───────────

❶ 聽到那件事的瞬間，眼前一陣昏暗就暈了過去。

❷ 看到你時，臉上發紅又別過臉去，這並不是討厭你而是相反的喜歡你的象徵。

❸ 看到在舞台上轉圈圈的她，那一瞬間就喜歡上了她。

❹ 穿著大學開學典禮的服裝一邊轉身一邊問著好不好看，不知不覺就長這麼大了，那模樣讓我流淚。

❺ 因為計程車司機不認得路繞了一大圈的緣故，造成車資變多，為什麼乘客必須要付這一筆錢呢？

答案 ❶ 핑 ❷ 홱 ❸ 빙글빙글 ❹ 빙그르르 ❺ 빙

활활
hwal-hwal

火焰熊熊燃燒的狀態。熊熊、呼呼、烘烘。

활활 타는 불을 보고 있으면 기분이 묘해요.

（看到熊熊燃起的火焰，我的心情微妙。）

이글이글
i-geul-i-geul

火焰冒起四處蔓延的狀態。熊熊、炎炎、熾熱。

분노로 **이글이글** 불타는 눈으로 노려봤어요.

（他用憤怒而熊熊燃燒的眼睛怒視著。）

타닥타닥
ta-dag-ta-dag

加熱的物品迸出、火花四散的聲音。踢啦塌啦。

불꽃이 **타닥타닥** 타는 소리를 들으면서
잠이 들었어요.

（聽著火花劈哩咔啦燃燒的聲音睡著了。）

홀라당
hol-la-dang

完全沒了的狀態。光光、完全、精光。

실수로 냄비를 **홀라당** 태웠어요.

（不小心把鍋子整個燒焦了。）

＊也可以使用홀랑。

뭉게뭉게
mung-ge-mung-ge

煙、雲等不斷冒出來。一團一團。

젖은 장작을 태우면 연기가 **뭉게뭉게** 나요.

（燃燒濕掉的柴火會冒出團團濃煙。）

▶ 從 ☐ 中挑選出適當的字填入（   ）裡。◀

타닥타닥   활활   홀라당   뭉게뭉게   이글

❶ 책에서 보면 질투로 (   )거리는 눈이라는 표현이 자주 나오는데 실제로는 한번도 본 적이 없어.

❷ 불장난하다가 집을 (   ) 태워 먹었어요.

❸ 그 사람과의 추억이 깃든 물건들이 한순간에 (   ) 타오르는 불꽃 속으로 사라져 갔어요.

❹ 집 안에서 사진을 한꺼번에 많이 태우는 바람에 연기가 (   ) 나서 화재 경보가 울렸어요. 소방차가 출동하고 난리도 아니었어요.

❺ (   ) 소리를 내며 타는 모닥불을 보면서 이야기로 밤을 지새웠어요.

中文翻譯

❶ 書上經常出現因嫉妒而熊熊燃燒的眼睛的描述，可是我實際上從來沒有見過。
❷ 因為玩火而燒光了整棟房子。
❸ 充滿跟他回憶的物品，一瞬間就消逝在熊熊大火之中。
❹ 在房子裡一下子燒大量的照片，冒出團團濃煙，火災警報也響起來。連消防車都出動，造成一團混亂。
❺ 望著發出劈哩啪啦聲音燃燒著的營火，聊著聊著天就亮了。

答案 ❶ 이글 ❷ 홀라당 ❸ 활활 ❹ 뭉게뭉게 ❺ 타닥타닥

반짝반짝
ban-jjag-ban-jjag

閃亮亮的樣子。明亮、晶瑩、閃爍。

반짝반짝 빛나는 별을 보면서 맹세했어요.

（看著一閃一閃的星星發誓。）

번쩍번쩍
beon-jjeog-beon-jjeog

光滑、閃亮的樣子。閃閃、忽閃、晃晃。

세차를 하니까 새 차처럼 **번쩍번쩍**하네요.

（洗車之後，就像新車般閃閃發光。）

깜빡깜빡
kkam-ppag-kkam-ppag

小小的光一明一滅的樣子。

전등이 **깜빡깜빡**해서 새로 갈았어요.

（電燈一明一暗的，就換了新的。）

번들번들
beon-deul-beon-deul

光滑發光的樣子。光溜溜、光滑、亮光光。

왁스를 너무 발라서 머리가 **번들번들**해요.

（擦了太多髮蠟，頭髮亮光光的。）

번득
beon-deug

瞬間發光的樣子。閃、閃現、閃耀。熒熒。

안전 요원이 눈을 **번득**이면서 지켜보고 있어요.

（安全員眼光犀利地監視著。）

▶ 從 ⬚ 中挑選出適當的字填入 (　　　) 裡。◀

번쩍번쩍　　깜빡깜빡　　번득　　번들번들　　반짝반짝

❶ 내 얘기를 너무나 재미있다는 듯이 눈을 (　　　　　) 빛내면서 듣고 있는 모습이 그렇게 귀여울 수가 없었어요.

❷ 갑자기 번개가 (　　　　　) 치면서 폭우가 쏟아지기 시작했어요.

❸ 코에 기름이 너무 (　　　　)하네요. 거울 한번 보는 게 좋겠어요.

❹ 컴퓨터 전원 부분이 (　　　　)하는 걸 보니 아직 켜져 있는 상태인가 봐요.

❺ 첫 데이트하던 날을 지금도 잊을 수가 없어요. 아빠가 눈을 (　　　　　)이면서 지켜보는 바람에 손도 한번 못 잡아 봤어요.

中文翻譯

---

❶ 好像我說得很有趣似的，他眼睛閃閃發光地聽著我說話的模樣真是太可愛了。

❷ 突然閃電一閃一閃，然後開始降下暴雨。

❸ 你的鼻子油光閃閃的，你最好去照照鏡子。

❹ 看到電腦的電源燈一明一滅的，看來還在通電的狀態。

❺ 第一次約會那一天直到現在還記得。因為父親雙眼一直熒熒地看著，就連手也沒得碰到。

答案　❶ 반짝반짝　❷ 번쩍번쩍　❸ 번들번들　❹ 깜빡깜빡　❺ 번득

29

오순도순
o-sun-do-sun

和睦地一起生活、交談的模樣。和和睦睦、親親熱熱。

은퇴하면 아내랑 고향에 가서 오순도순 살고 싶어요.

（我想退休後和妻子一起回家鄉，過著和睦的生活。）

흥청망청
heung-cheong-mang-cheong

毫不吝惜地使用金錢、物品的模樣。興致勃勃、熱鬧。

젊었을 때는 정말 흥청망청 쓰면서 살았어요.

（年輕的時候，真的過著揮霍的生活。）

아등바등
a-deung-ba-deung

心情緊張、被眼前的事情追趕得感到慌亂的樣子。費勁、操心。

왜 그렇게 여유도 없이 아등바등 살아요?

（為何過著不得等閒，緊張忙碌的生活呢？）

아기자기
a-gi-ja-gi

和睦而快樂的樣子、充滿愛意的樣子。有趣、有意思、美麗可愛、美滿。

아기 낳고 아기자기 잘 사는 걸 보고 안심했어요.

（看到他們生下小孩、過著幸福快樂的日子的樣子，就安心了。）

알콩달콩
al-kong-dal-kong

幸福美滿的樣子。甜蜜。

사랑하는 사람하고 알콩달콩 살고 싶어요.

（我想要與心愛的人過著甜甜蜜蜜的生活。）

▶ 從 [____] 中挑選出適當的字填入（　　　　）裡。◀

| 오순도순　알콩달콩　아등바등　아기자기　홍청망청 |

❶ 비록 돈은 없지만 (　　　　　) 잘 사는 친구를 보니까 나도 좋은 사람 만나서 빨리 결혼하고 싶다.

❷ 가난해도 가족이 다 함께 (　　　　　) 살 때가 행복했어요.

❸ 그렇게 고생하면서 (　　　　　) 번 돈을 사기로 다 날렸다는 말이에요?

❹ 젊은 두 사람이 어려운 환경 속에서도 희망을 잃지 않고 서로 사랑하며 (　　　　　) 재미있게 살아가는 모습이 보기 좋았어요.

❺ 돈을 물처럼 쓰면서 (　　　　　) 살 때는 주위에 그렇게 많던 사람들이 돈 떨어지고 나니까 아무도 없네요.

──────── 中文翻譯 ────────

❶ 看著雖然沒有錢卻過著和睦幸福日子的朋友，我也想要找到好對象，快點結婚。

❷ 雖然貧窮但一家人過著和睦日子的時節真是幸福。

❸ 你是說那麼辛苦縮衣節食賺來的錢，全都因為詐騙化為烏有？

❹ 看到年輕的兩人在嚴酷的環境中，仍然沒有放棄希望，相愛並相互扶持生活的模樣，令人欣慰。

❺ 花錢如流水時曾在身邊的那麼多人，在沒有錢之後全都不見了。

答案 ❶ 아기자기　❷ 오순도순　❸ 아등바등　❹ 알콩달콩　❺ 홍청망청

30

記住／忘記

가물가물
ga-mul-ga-mul

事情的內容等模糊不清的狀態。隱隱約約、忽明忽暗。

가물가물 생각이 날 것도 같은데.

（只隱隱約約還記得一些。）

새록새록
sae-log-sae-log

不斷有新的想法等出現的狀態。層出不窮、新意地、鮮明。

그날의 기억이 새록새록 떠올라요.

（那一天的記憶，不斷地浮現出來。）

자츰자츰
cha-cheum-cha-cheum

按照順序慢慢變化的狀態。逐漸、漸漸、逐步。

옛날 추억들이 차츰차츰 잊혀지는 게 슬퍼요.

（往日的記憶慢慢忘卻，令人哀傷。）

＊也可以使用점점。

깜빡깜빡
kkam-ppag-kkam-ppag

忘記、沒有注意到的狀態。

나이를 먹으니까 자꾸 깜빡깜빡해요.

（年紀大之後經常就忘東忘西。）

＊也可以使用깜빡。

싹
ssag

（一點都不剩）完全。全、乾脆、都。

당신과의 기억들은 예전에 싹 다 잊었어요.

（與你的記憶一點都不剩，全都忘記了。）

▶ 從 ⬚ 中挑選出適當的字填入（ ）裡。◀

> 가물가물　깜빡　차츰차츰　싹　새록새록

❶ 한동안 잊고 있었던 그 사람과의 즐거웠던 기억들이
（　　　　　）떠올라서 괴로워요.

❷ 안 좋았던 기억은 （　　　　　）잊고 오늘부터 다시 시작하는
거야.

❸ （　　　　　）실수로 휴대폰 대신에 리모컨을 가방 안에 넣어
가지고 왔지 뭐예요.

❹ 나이 들면서 （　　　　　）기억력이 떨어지는 것 같아요.

❺ 얼굴은 （　　　　　）기억이 나는데 이름이 뭐였는지는 도저
히 생각이 안 나네요.

中文翻譯

❶ 已經忘記一陣子與他在一起的快樂記憶，再次不斷浮現，實在感到痛苦。

❷ 將不好的回憶全部忘記，從今天起重新開始吧。

❸ 不小心弄錯，把遙控器當作手機放進包包裡帶來了。

❹ 隨著年紀的增長，總覺得記憶力變得越來越差。

❺ 長相隱隱約約還記得，名字叫什麼是怎麼也記不起來了。

答案　❶ 새록새록　❷ 싹　❸ 깜빡　❹ 차츰차츰　❺ 가물가물

韓國語擬聲語規則❷

硬音的擬聲語比平音的擬聲語給人有更加重程度的印象！

更強烈的印象 →

中文意義	平音的擬聲語	硬音的擬聲語
彎彎曲曲、扭扭捏捏	구불구불	꾸불꾸불
閃爍、刺眼	깜박깜박	깜빡깜빡
星星點點、稀稀落落	드문드문	뜨문뜨문
咔嚓咔嚓	삭둑삭둑	싹둑싹둑
安靜地、香甜地	새근새근	쌔근쌔근
彎彎曲曲、扭扭捏捏	비뚤비뚤	삐뚤삐뚤
喀噠喀噠、哆哆嗦嗦、嘮嘮叨叨	달칵달칵	딸칵딸칵
皺巴巴	주글주글	쭈글쭈글
一閃一閃、亮晶晶	반짝반짝	빤짝빤짝
咕咚、噗噗、鼓鼓囊囊	보글보글	뽀글뽀글

第4章

포동포동
po-dong-po-dong

胖嘟嘟的樣子。豐腴、豐滿、胖嘟嘟。

아기가 포동포동한 게 너무 귀여워요.

（嬰兒胖嘟嘟的非常可愛。）

피둥피둥
pi-deung-pi-deung

鼓脹得快要撐破的狀態。肥胖、胖呼呼。

방학 동안 **피둥피둥** 살만 쪘어요.

（放假期間，人都變得圓滾滾了。）

통통
tong-tong

豐滿、可愛的樣子。胖呼呼。

마른 사람보다는 약간 **통통**한 게 좋아요.

（比起瘦子，稍微有點豐滿的人更好一點。）

토실토실
to-sil-to-sil

臉或體型胖而可愛。胖呼呼、圓實。

토실토실한 아기 돼지 같아요.

（像隻胖呼呼的小豬。）

뒤룩뒤룩
dwi-lug-dwi-lug

毫無節制的胖嘟嘟的樣子。胖嘟嘟。

뒤룩뒤룩 살쪘다고 놀려서 다이어트했어요.

（被嘲笑胖嘟嘟的因而減肥了。）

▶ 從 ☐ 中挑選出適當的字填入（ ）裡。◀

| 뒤룩뒤룩 통통 토실토실 포동포동 피둥피둥 |

❶ 방학 한 달 동안 운동은 안 하고 먹기만 했더니 ( )
살이 쪄서 옷도 안 맞아요.

❷ 결혼 전에는 그렇게 날씬했던 사람이 지금은 ( ) 살
이 쪄서는 보기에 괴로울 정도야.

❸ 젊었을 때는 날씬한 여자가 좋았는데 나이가 드니까 약간
( )한 여자한테 더 끌리는 것 같아.

❹ 아, 아기가 너무 귀여워요. 아기는 역시 ( )한 아기가
더 귀여운 것 같아요.

❺ 남자 친구는 내가 ( ) 살찐 돼지 같아서 너무 귀엽대
요. 그래서 전 다이어트 같은 건 절대로 할 생각이 없어요.

中文翻譯
---

❶ 休假的一個月間，沒運動又一直吃，變得圓滾滾的，衣服都不合身了。

❷ 結婚前那麼苗條的人，現在變得胖嘟嘟的，看起來真難受。

❸ 年輕的時候喜歡清瘦的女性，年紀漸大之後卻被稍微豐滿的女性所吸引。

❹ 啊！小寶寶非常可愛。果然還是要是胖嘟嘟的小寶寶最是可愛。

❺ 男朋友說我像是胖呼呼的小豬般可愛，所以我絕對沒有節食的念頭的。

答案 ❶ 피둥피둥 ❷ 뒤룩뒤룩 ❸ 통통 ❹ 포동포동 ❺ 토실토실

비리비리
bi-li-bi-li

消瘦、弱不經風的樣子。弱不禁風、乾乾瘦瘦。

너무 **비리비리**해서 매력이 하나도 없어요.

（太瘦巴巴，一點魅力也沒有。）

호리호리
ho-li-ho-li

細瘦苗條的樣子。細長、苗條、瘦長。

전 **호리호리**한 근육질이 좋아요.

（我喜歡精瘦有肌肉的體型。）

삐쩍
ppi-jjeog

臉、身體等突然變瘦弱憔悴的樣子。瘦小、乾瘦。

삐쩍 마른 난민 어린이를 보고 울었어요.

（看到瘦弱的難民孩童，不禁哭了。）

빼빼
ppae-ppae

身體非常瘦弱的樣子。乾瘦、瘦骨如柴。

남자 친구가 너무 **빼빼** 말라서 걱정이에요.

（男朋友骨瘦如柴，令人擔心。）

홀쭉홀쭉
hol-jjug-hol-jjug

太瘦看來很憔悴的樣子。瘦、細瘦、乾瘦。

점점 더 **홀쭉홀쭉**해져서 걱정이에요.

（變得越來越瘦，令人擔心。）

▶ 從 ▢ 中挑選出適當的字填入 ( ) 裡。◀

호리호리　홀쭉홀쭉　빼빼　삐쩍　비리비리

❶ 도대체 무슨 일이 있었길래 한 달 새에 저렇게 ( )
마를 수가 있죠?

❷ 저렇게 ( )해서 이삿짐센터에서 짐 나르는 일을 할
수 있겠어?

❸ 날씬한 거랑 ( ) 마른 거는 다른 건데 사람들이 구별
을 잘 못하는 것 같아.

❹ 모델들이 저 ( )한 몸매를 유지하려면 평소에 얼마
나 관리를 해야 할까요?

❺ 몸이 안 좋은 거야? 아니면 무슨 고민이 있는 거야? 갈수록
몸이 ( ) 야위어서 딴 사람인 줄 알았잖아.

─────── 中文翻譯 ───────

❶ 究竟發生什麼事，不過一個月怎麼可能變得那麼瘦弱憔悴？
❷ 那麼弱不禁風的樣子，真能夠勝任搬家公司搬運物品的工作嗎？
❸ 苗條和乾瘦是不一樣的，但一般人似乎都無法分辨。
❹ 模特兒們為了維持苗條的身材，平常不知道要多麼注意才行呢。
❺ 身體不適嗎？還是有煩惱？身體越來越瘦，看起來判若兩人。

答案　❶ 삐쩍　❷ 비리비리　❸ 빼빼　❹ 호리호리　❺ 홀쭉홀쭉

덥석
deob-seog

張大嘴巴一口吃下的樣子。猛地、猛然、吧嗒。

그 큰 빵을 한입 **덥석** 베어 물었어요.

（一口咬下那個巨大的麵包。）

질겅질겅
jil-geong-jil-geong

嘴裡咬嚼著口香糖之類的食物時發出的聲音。嘎吱嘎吱。

영화 보는 내내 오징어를 **질겅질겅** 씹고 있었어요.

（看電影的時候，一直在嘎吱嘎吱嚼著魷魚。）

오도독오도독
o-do-dog-o-do-dog

咬碎或抓搔堅硬的物品時發出的聲音。

사탕을 입에 넣고는 **오도독오도독** 깨 먹었어요.

（糖果放進嘴裡吱嘎咬碎。）

아작아작
a-jag-a-jag

將柔軟的新鮮水果或蔬菜輕輕咬碎的聲音。喀哧、脆、脆生生的。

오이를 **아작아작** 베어 먹었어요.

（喀哧咬著小黃瓜吃。）

와작와작
wa-jag-wa-jag

咬碎堅硬物品的動作或聲音。沙沙、刷刷。

큰 무김치를 **와작와작** 씹어 먹는 소리에 침이 넘어가요.

（聽到沙沙地嚼著大塊蘿蔔泡菜的聲音，讓人忍不住吞口水。）

▶ 從 [ ] 中挑選出適當的字填入（ ）裡。◀

오도독오도독 질겅질겅 와작와작 덥석 아작아작

❶ 껌을 소리를 내면서 ( ) 씹는데 정말 같이 있기 싫었
어요.

❷ 얼음 깨무는 소리가 계속 ( ) 들리니까 집중을 못
하겠어요.

❸ 전 사과는 주스로 만들어서 먹는 것보다 그냥 ( )
씹어 먹는 걸 더 좋아해요.

❹ 나도 젊었을 때는 당근을 통째로 ( ) 씹어서 먹었는
데 이제는 이가 안 좋아서 먹고 싶어도 먹을 수가 없어.

❺ 한입만 먹는다고 해서 줬더니 그렇게 크게 ( ) 베어
물면 어떡해.

中文翻譯

❶ 一邊發出嚼口香糖的聲音一邊嘎吱嘎吱嚼著，真的很不喜歡和他待在一
起。

❷ 持續聽到咬冰塊的吱嘎聲，令人無法專心。

❸ 對我來說，比起把蘋果榨成果汁喝，更喜歡直接喀哧咬著吃。

❹ 我在年輕的時候，會整根胡蘿蔔拿著啃，現在牙齒不好了，就是想吃也吃
不動了。

❺ 因為說只吃一口才給你吃，你怎麼咬了那麼大一口啦。

答案 ❶ 질겅질겅 ❷ 오도독오도독 ❸ 아작아작 ❹ 와작와작 ❺ 덥석

버럭
beo-leog

勃然大怒、心情惡劣的樣子。猛然、勃然。

조금만 마음에 안 들어도 버럭 화를 내요.

（只要稍有不悦，立刻就勃然大怒。）

부들부들
bu-deul-bu-deul

因為寒冷、害怕等而顫抖的樣子。哆嗦。

분노로 몸이 부들부들 떨렸어요.

（身體因為憤怒而哆哆嗦嗦顫抖起來。）

울컥
ul-keog

突然感到憤怒的狀態。湧上心頭、賭氣、哇哇地吐。

그 말을 듣는 순간 울컥했어요.

（聽到那句話的瞬間簡直怒火中燒。）

발끈
bal-kkeun

突然興奮、憤慨的樣子。勃然、赫然。

항상 별것도 아닌 일에 발끈해서 화를 내요.

（總是為一點小事而勃然大怒。）

부글부글
bu-geul-bu-geul

突然產生衝動或激烈感情的狀態。嘩啦嘩啦、啵啵。

그 광경을 보니까 화가 부글부글 치밀었어요.

（看到那個光景，突然火冒三丈。）

▶ 從 ☐ 中挑選出適當的字填入 ( ) 裡。◀

| 발끈 버럭 부글부글 부들부들 울컥 |

❶ 부인 이야기를 하면서 몸을 ( ) 떨길래 화가 나서 그러는 줄 알았는데 사실은 무서워서 그런 거래요.

❷ 그 말을 듣는데 당사자도 아닌 내가 왜 ( ) 화가 나는지 모르겠어요.

❸ 보기 싫은 얼굴을 보고 있으려니까 속에서 ( ) 화가 치미는데 참느라고 혼났어.

❹ 다른 남자랑 얘기만 해도 ( ) 성을 내니까 헤어지는 걸 정말 진지하게 생각해 봐야 할 것 같아.

❺ 평소에는 그 정도 일에 ( )하는 사람이 아닌데 요즘 사람이 좀 이상해진 것 같아요.

───── 中文翻譯 ─────

❶ 他一提到妻子身體就哆嗦顫抖起來，原以為是憤怒的關係，結果聽說是因為害怕。

❷ 聽到那件事，我明明不是當事人，不知為何感到怒意湧上心頭。

❸ 想到要看到那張討厭的臉，憤怒就冒上心頭，為了忍耐而煞費苦心。

❹ 只不過是和其他男人說話就勃然大怒，我好像要認真考慮一下分手的事了。

❺ 平常並不會因為這樣的事情突然變臉，但他最近好像變得有點奇怪。

答案 ❶ 부들부들 ❷ 울컥 ❸ 부글부글 ❹ 버럭 ❺ 발끈

敲

탁
tag

物品大力撞上發出的聲音。啪、啪嗒。

힘 내라면서 등을 **탁** 쳤어요.

（要我提起精神來，在背上拍了一記。）

똑똑
ttog-ttog

持續地輕叩某物的聲音。叮叮、咚咚。

몇 번이나 말하지만 노크는 **똑똑** 두 번이면 돼요.

（已經說過許多次，敲門時只要咚咚兩聲即可。）

쾅쾅
kwang-kwang

形容持續地用力擊打某物，使其發出的巨大聲響。砰砰、轟隆。

옆집 사람이 시끄럽다고 벽을 **쾅쾅** 때렸어요.

（鄰居敲擊牆壁說是太吵了。）

통통
tong-tong

重複拍手、打鼓等、敲擊到物品的聲音。嘭嘭、噔噔、咚咚。

망치로 두더지 머리를 **통통** 두드리는 게임이에요.

（這是用槌子咚咚敲打地鼠的遊戲。）

탕탕
tang-tang

巨大的聲音響起的樣子。砰砰。

한밤중에 셔터를 **탕탕** 두드리는 소리가 났어요.

（半夜響起砰砰敲打鐵捲門的聲音。）

▶ 從 ☐☐☐☐ 中挑選出適當的字填入（　　　）裡。◀

> 탁　쾅쾅　똑똑　탕탕　통통

❶ 악기를 두드리는 소리가 (　　　　　) 경쾌하게 울려 퍼지면서 이벤트의 시작을 알렸어요.

❷ 여기는 시골이라서 영업이 끝난 후라도 단골손님 중에는 (　　　　　) 셔터 문을 두드리는 사람들이 있어요.

❸ 밤 늦게 현관문을 (　　　　　) 두드리는 소리에 겁이 나서 경찰을 불렀어요.

❹ 내가 문 열기 전에 노크하라고 몇 번을 말했어요? (　　　　　) 노크하는 게 그렇게 어려워요?

❺ 얘기를 하면서 툭하면 머리를 (　　　　　) 치니까 기분 나빠서 더 이상은 못 참겠어요.

中文翻譯

❶ 敲打樂器的聲音輕快地咚咚響起，宣告活動開始。

❷ 這裡是鄉下地方，即使是營業結束之後，還是有常客會砰砰敲響鐵捲門。

❸ 半夜聽到玄關門被砰砰敲響的聲音，嚇得報警。

❹ 開門前要敲門，我說過幾次？咚咚敲個門有那麼困難嗎？

❺ 說話時不時敲我的頭，實在是令人不爽，再也不能忍受了。

答案 ❶ 통통　❷ 탕탕　❸ 쾅쾅　❹ 똑똑　❺ 탁

UNIT 36 停止

뚝
ttug

持續的事物突然結束的樣子。戛然而止、（突然）停止。

그 이후로 손님들 발길이 **뚝** 끊겼어요.

（在那之後，突然就不再有客人上門。）

딱
ttag

持續的事物突然停止的樣子。完全停止的樣子、啪、砰。

아침이 되니까 비가 **딱** 그쳤어요.

（一到早上，雨就突然停止了。）

쓱
sseug

輕巧迅速地進行某個動作。輕輕、悄悄做某種動作貌。迅速站出或走過貌。

멋진 외제 차가 제 앞에 **쓱** 서는 거예요.

（氣派的進口車靜悄悄地停在我面前。）

끽
kkig

電車或汽車等急煞車的聲音。嘎、嚓。

갑자기 전철이 **끽**하고 서서 깜짝 놀랐어요.

（電車突然嘎地停下，嚇我一跳。）

떡
tteog

理所當然的樣子。

차가 가게 출입문 앞을 **떡** 막고 서 있어요.

（車子就停在店鋪的出入口前面，整個擋住了。）

▶ 從 [　　　] 中挑選出適當的字填入 (　　　) 裡。 ◀

떡　끽　뚝　딱　쓱

---

❶ 친구랑 수다를 떨고 있었는데 갑자기 트럭이 우리 바로 앞에서 (　　　　)하고 급브레이크를 밟으며 서서 가슴이 철렁했어요.

❷ 울던 아기가 우유병을 보는 순간 울음을 (　　　　) 그쳤어요.

❸ 차를 좋아해서 지금까지 많은 차를 타 봤지만 멈출 때 이렇게 (　　　　)하고 부드럽게 서는 차는 처음이에요.

❹ 그렇게 문을 (　　　　) 막고 서 있으면 다른 사람들이 들어올 수가 없잖아요.

❺ 안 믿었는데 들은대로 해 보니까 진짜 신기하게도 딸꾹질이 (　　　　) 멎었어요.

中文翻譯

❶ 和朋友聊天的時候，大卡車突然就在眼前緊急剎車停了下來，我嚇了一跳。

❷ 哭著的嬰兒一看到奶瓶，立刻停止哭泣。

❸ 我喜歡汽車，至今搭過許多車，可是停車時可以這麼流暢停下的汽車這是第一輛。

❹ 你這樣站在店門口擋路，別人都進不來了。

❺ 原不相信，可是按照聽來的做，打嗝真的就停止了。

答案 ❶ 끽 ❷ 뚝 ❸ 쓱 ❹ 떡 ❺ 딱

털썩
teol-sseog

重重坐下的樣子。噗啦、一屁股。

지쳐서 바닥에 털썩 주저앉았어요.

（累壞了一屁股坐在地板上。）

멀찍멀찍
meol-jjing-meol-jjig

之間有離得很遠的樣子。（互相離得）遠一點。

멀찍멀찍 떨어져서 서세요.

（請相隔一段距離站著。）

띡
ttag

沒有間距的樣子。緊。

그렇게 띡 붙어 앉지 말고 좀 떨어지세요.

（不用坐得那麼緊，請稍微空出一點距離。）

＊也可以使用착。

오도카니
o-do-ka-ni

小而拘謹的樣子。茫然、惘然、呆呆的。

구석 자리에 혼자 오도카니 앉아 있었어요.

（就一個人拘謹地坐在角落的位置。）

엉거주춤
eong-geo-ju-chum

起身到一半卻搖擺不定、磨磨蹭蹭的模樣、不知如何是好的模樣。半蹲、躊躇、猶豫、蹲伏。

어색해서 구석에 엉거주춤 서 있었어요.

（尷尬而不知所措地站在角落。）

▶ 從 ☐ 中挑選出適當的字填入（　　　）裡。◀

오도카니	털썩	멀찍멀찍	딱	엉거주춤

❶ 전철 안에서 옆 사람한테 (　　　　) 붙어서 앉는 사람들 있잖아. 가끔 진짜 불쾌할 때가 있어.

❷ 그렇게 혼자 (　　　　) 앉아 있지 말고 너도 이리로 와 .

❸ 참 알기 쉬운 사람들이야. (　　　　) 앉아 있는 걸 보면 또 싸웠나 보네.

❹ 저기 어쩔 줄을 모르고 혼자서 (　　　　) 서 있는 남자가 내 남친이야.

❺ 피곤하다고 아무데나 (　　　　) 좀 앉지 마.

───── 中文翻譯 ─────

❶ 電車裡有些人不是會緊貼著鄰人而坐嗎。偶爾真有令人不愉快的時候。

❷ 別一個人孤零零坐著，你也到這邊來吧！

❸ 是一群很好懂的人。看到他們又坐得離很遠，就知道又吵架了。

❹ 那邊那個不知如何是好獨自索然站著的男人，就是我的男朋友。

❺ 即使累了，也別在任何地方就一屁股坐下。

答案 ❶ 딱 ❷ 오도카니 ❸ 멀찍멀찍 ❹ 엉거주춤 ❺ 털썩

排列

가득
ga-deug

毫無間隙，塞得滿滿的狀態。滿、充滿、滿當當。

책이 글자만 **가득**해서 읽기가 싫어요.

（書上全部塞滿的文字，讓人不想看。）

＊也可以使用가득가득。

쭉
jjug

許多人或物品並排在一起的樣子。一大排。

줄 끝이 안 보일만큼 **쭉** 늘어서 있었어요.

（大排長龍，完全看不到尾巴在哪裡。）

들쑥날쑥
deul-ssug-nal-ssug

非常混亂的樣子。參差、錯落、錯落不齊。

들쑥날쑥 서지 말고 똑바로 한 줄로 서세요.

（別站得參差不齊，請整齊排成一列。）

띄엄띄엄
ttui-eom-ttui-eom

四處散落的樣子。希希拉拉、隔三跳兩。

테이블은 붙이지 말고 **띄엄띄엄** 놓으세요.

（桌子別擠在一起，請散開排好。）

꽉
kkwag

許多的物品毫無間隙地排列在一起，擠得滿滿的樣子。緊、滿滿。

옷장 안에는 명품 옷이 **꽉** 들어차 있었어요.

（衣櫃裡面掛滿名牌衣服。）

▶ 從 [____] 中挑選出適當的字填入 ( ) 裡。◀

| 들쑥날쑥 쭉 가득 띄엄띄엄 꽉 |

❶ 상품을 그렇게 ( ) 진열하면 보기도 어렵고 디스플레이 효과도 없잖아요.

❷ 방 한 면을 차지한 책장에 그 어려운 전문 서적이 빈틈없이 ( ) 채워져 있는 걸 보니까 갑자기 그 사람이 멋있어 보이더라.

❸ 도넛이 한 상자 ( ) 들어 있길래 몇 개만 먹으려고 했는데 먹다 보니까 너무 맛있어서 저도 모르게 다 먹어 버렸어요.

❹ ( ) 진열하지 말고 이렇게 가지런히 해 놓으니까 훨씬 보기 좋잖아요.

❺ 회의장 앞에는 영화에서 보던 고급 차가 ( ) 늘어서 있었어요.

中文翻譯

❶ 商品像那樣四處亂放，不僅難找，也失去了展示的效果不是嗎？

❷ 看到占據整面牆的書櫃裡，滿滿排列著艱深的專業書，突然覺得他實在太厲害。

❸ 看到甜甜圈塞滿一整盒，原只想吃幾個就好，吃著吃著，實在是太好吃了，不小心就全部吃光。

❹ 別陳列得參差不齊，像這樣整整齊齊的，看起來美多了。

❺ 會場前面停著一整排在電影裡看到的高級車。

答案 ❶ 띄엄띄엄 ❷ 꽉 ❸ 가득 ❹ 들쑥날쑥 ❺ 쭉

急促

허겁지겁
heo-gob-ji-gob

匆忙慌張的模樣。連滾帶爬、慌慌張張、驚慌失措。

배가 고파서 김밥을 허겁지겁 집어먹었어요.

（肚子餓了，就拿海苔飯捲匆匆忙忙填了肚子。）

헐레벌떡
heol-le-beol-tteog

喘氣的樣子。喘不上氣來的樣子。喘吁吁。

시험이 시작되고 헐레벌떡 뛰어들어왔어요.

（考試已經開始，才氣喘吁吁的衝進來。）

허둥지둥
heo-dung-ji-dung

無法冷靜、驚慌失措的樣子。慌慌張張。

**하루 종일 허둥지둥 여기저기 연락을
돌렸어요.**

（一整天胡亂地四處聯絡。）

부랴부랴
bu-lya-bu-lya

非常匆忙的樣子。匆匆忙忙、急急忙忙。

**새벽에 일어나서 부랴부랴 준비하고 나갔
어요.**

（清晨起床為，匆忙準備好就出門了。）

후딱후딱
hu-ttag-hu-ttag

毫不遲疑、不被其他的事情分心，迅速地進行的樣子。很快地。

다 했으면 후딱후딱 정리하고 갑시다.

（結束之後就迅速收拾好然後回家吧。）

＊也可以使用후딱。

▶ 從 ⬚ 中挑選出適當的字填入（　　　）裡。◀

후딱후딱　　허둥지둥　　부랴부랴　　허겁지겁　　헐레벌떡

❶ 버스 떠난 뒤에 (　　　　　) 뛰어와서는 어떡하냐고 울잖아
요.

❷ 늦었다면서 앉지도 않고 선 채로 (　　　　) 우유만 마시고
는 뛰쳐나갔어요.

❸ 어차피 해야 될 일이면 차일피일 미루지 말고 (　　　　) 해
치우는 게 좋지 않아요?

❹ 남편이 갑자기 친구들을 집에 데리고 온다고 해서
(　　　　) 안주거리를 몇 개 만들었어요.

❺ 책임자가 그렇게 (　　　　)하면 밑의 사람들이 불안해서
어떻게 일을 하겠어요?

──────── 中文翻譯 ────────

❶ 巴士都已經開走，才氣喘吁吁跑來哭著說怎麼辦。

❷ 說要遲到了，也不坐下就站著，慌慌張張只喝了牛奶就衝了出去。

❸ 既然是非做不可的事就不要再拖延，快快做不好嗎？

❹ 丈夫突然說要帶朋友回家，所以就急急忙忙做了幾道了下酒菜。

❺ 若連負責人都慌慌張張的話，下面的人不安，怎麼能做好事情？

怠惰／認真

뒹굴뒹굴
dwing-gul-dwing-gul

什麼都不做、 無聊的樣子。無所事事、滾來滾去。

하루 종일 방에서 **뒹굴뒹굴**하면서 보냈어요.
（一整天就待在房間裡什麼都不做。）

빈둥빈둥
bin-dung-bin-dung

偷懶遊樂的樣子，或是這樣的狀態。遊手好閒、悠悠忽忽、遊遊蕩蕩。

빈둥빈둥 놀면서 취직할 생각도 안 해요.
（遊手好閒完全沒想去工作。）

꼬박꼬박
kko-bag-kko-bag

正確或是循規蹈矩地做事。分毫不差、一絲不苟。

아무리 피곤해도 스트레칭은 **꼬박꼬박**해요.
（不管再累，都會將伸展運動認真做好。）

쉬엄쉬엄
swi-eom-swi-eom

不時邊做邊休息的樣子。慢慢地、一會兒做一會兒休息。

너무 무리하지 말고 좀 **쉬엄쉬엄**하세요.
（不要太勉強，可以適當休息一下。）

건성건성
geon-seong-geon-seong

隨便做做的樣子。大致、粗略地。

일을 **건성건성**으로 하니까 믿고 맡길 수가 없어요.
（因為工作都是敷衍了事，實在無法信任他交給他做。）

＊也可以使用대강대강。

▶ 從 [　　　] 中挑選出適當的字填入（　　　）裡。◀

꼬박꼬박　빈둥빈둥　쉬엄쉬엄　뒹굴뒹굴　건성건성

❶ 저 얼굴에 사람만 좀 성실하면 진짜 좋을텐데 학교 졸업하고
도 일할 생각은 안 하고 (　　　　) 논다니, 진짜 아쉬워.

❷ 평생을 매달 (　　　　) 저축해도 내 집 장만이 어렵다니,
세상이 너무 불공평한 거 아니야?

❸ 남들은 연애한다고 바쁜데 주말만 되면 방에서 (　　　　)
하면서 게임이나 하는 아들을 보면 한숨밖에 안 나와요.

❹ 열심히 하는 것 같길래 (　　　　)하라고 했더니 점심 시간
이 끝난 지가 언제인데 일 시작할 생각을 안 해요.

❺ 이렇게 (　　　　) 일하다가는 언제 잘릴지 몰라요. 아무리
연줄로 들어왔어도 좀 심한 거 아니에요?

中文翻譯

❶ 那張臉再加上個性再稍微認真一點就真的很好，可是從學校畢業之後也沒
打算去工作就一直遊手好閒的，實在遺憾。

❷ 就是一生每個月都固定存錢也很難買到自己的房子，這個世道也太不公平了。

❸ 別人都忙著談戀愛，可是當看到一到周末就窩在房間裡無所事事、玩著電
玩的兒子，只能嘆氣。

❹ 他好像很認真在工作，因而叫他適當的休息一下，可是午休已經結束很久
了，他還沒要開始工作。

❺ 像這樣敷衍了事的做事，不知道什麼時候會被開除。即使是靠關係進來
的，這樣也太超過了吧。

答案　❶ 빈둥빈둥　❷ 꼬박꼬박　❸ 뒹굴뒹굴　❹ 쉬엄쉬엄　❺ 건성건성

K-POP 與擬聲語

韓語的擬聲語，在 K-POP（韓國流行歌曲）就可以經常看到。查查看在歌詞中是怎麼使用的，也是很有趣的呢！

gon-deu-le-man-deu-le
곤드레만드레
酩酊大醉
（박현빈）

du-geun-du-geun
두근두근
忐忑不安
（써니힐）

ban-jjag-ban-jjag
반짝반짝
閃閃發光
（걸스데이）

sa-ppun-sa-ppun
사뿐사뿐
輕飄飄
（AoA）

hwal-hwal
활활
熊熊燃燒
（워너원）

eu-leu-leong
으르렁
嗷嗚（老虎咆哮聲音）
（EXO）

ttwi-ttwi-ppang-ppang
뛰뛰빵빵
叭叭（汽車喇叭聲）
（비투비）

jjae-kkag-jjae-kkag
째깍째깍
滴答滴答
（VIXX）

第5章

光滑／粗糙

UNIT 41

반질반질
ban-jil-ban-jil

細緻、光滑的樣子。油亮、滑潤、滑溜。

왁스를 새로 칠해서 마루가 반질반질해요.

（新打上蠟，地板變得光滑。）

＊也可以使用반들반들。

매끈매끈
mae-kkeun-mae-kkeun

物品的表面平滑、有光澤的樣子。滑、平滑。

제모를 해서 피부가 매끈매끈하네요.

（除毛之後，肌膚變得光滑。）

반지르르
ban-ji-leu-leu

有光澤、閃閃發光的樣子。光趟、油亮、油光。

매일 팩을 하니까 얼굴이 반지르르하네요.

（因為每天都敷臉，臉上變得油亮又有光澤。）

푸석푸석
pu-seog-pu-seog

頭髮等失去光澤、蓬亂的樣子。脆、酥鬆。

염색을 자주 해서 머리가 푸석푸석해요.

（經常染髮，因而頭髮都變得乾枯。）

꺼칠꺼칠
kkeo-chil-kkeo-chil

缺乏水份或油脂而有粗糙、乾枯感覺的樣子。粗澀、粗糙。

관리를 안 해서 피부가 꺼칠꺼칠해요.

（缺乏保養，皮膚很粗糙。）

▶ 從 ☐☐☐☐ 中挑選出適當的字填入 ( ) 裡。◀

꺼칠꺼칠　반질반질　반지르르　매끈매끈　푸석푸석

❶ 욕실을 청소했더니 세면대가 ( ) 윤이 나서 쓰기가 아까워요.

❷ 일주일에 한번 이걸로 얼굴을 닦아 주면 모공의 노폐물이 빠져나와서 피부가 ( )해져요.

❸ 전 피부가 건조한 편이라서 샤워 후에 오일을 안 바르면 금방 ( )해져요.

❹ 얼굴은 ( )한 게 내 타입인데 말하는 건 왜 저렇게 재수가 없을까?

❺ 염색 좀 그만하세요. 너무 자주 하는 바람에 머리가 다 상해서 ( )하잖아요.

中文翻譯
---

❶ 打掃浴室之後，洗臉台變得亮晶晶的，都捨不得用了。

❷ 每周一次用這個擦臉，可以去除毛孔廢棄物，讓肌膚變得光滑。

❸ 我的皮膚偏乾性，淋浴後沒有擦油，立刻就會變得粗糙。

❹ 臉長得光滑是我喜歡的類型，但是他說起話來怎麼會那麼沒品呢？

❺ 最好還是少染髮，太頻繁的染色讓髮質都受傷了，變得乾枯。

答案 ❶ 반질반질　❷ 매끈매끈　❸ 꺼칠꺼칠　❹ 반지르르 · ❺ 푸석푸석

UNIT 42 不光滑

오돌토돌
o-dol-to-dol

長出許多小小粒狀或泡狀物的模樣。

얼굴에 여드름이 오돌토돌 잔뜩 났어요.

（青春痘顆顆粒粒長滿了臉。）

움푹움푹
um-pug-um-pug

坑坑窪窪的樣子。有許多坑洞的樣子。

여기 땅이 왜 이렇게 움푹움푹 패였어요?

（這裡的地面，為什麼這般被挖得坑坑巴巴的？）

울퉁불퉁
ul-tung-bul-tung

物體的表面突出、凹入，或是這樣的狀態。坎坷、凹凸、崎嶇。

길이 울퉁불퉁해서 걷기가 힘드네요.

（道路坑坑窪窪的很難走。）

삐죽삐죽
ppi-jug-ppi-jug

長短不齊的樣子。突出、尖尖。參差不齊。

앞머리가 삐죽삐죽한데 일부러 그렇게 잘랐어요?

（瀏海長短不齊，是故意這麼剪的嗎？）

삐걱삐걱
ppi-geog-ppi-geog

堅硬的物品互相摩擦的聲音，或是樹木發出嘎吱嘎吱的聲音。咯吱、咿呀、嘰嘰嘎嘎。

문 열 때 삐걱삐걱 소리가 나네요.

（開門的時候，嘰嘰嘎嘎地發出聲音。）

▶ 從 ⬚ 中挑選出適當的字填入 ( ) 裡。◀

삐죽삐죽　울퉁불퉁　오돌토돌　삐걱　움푹움푹

❶ 돈 좀 아끼려고 집에서 앞머리를 잘랐더니 ( )하게
잘려서 창피해서 밖에도 못 나가겠어요.

❷ 마루가 걸을 때마다 ( )거리니까 한밤중에 불 안 켜
고 화장실 갈 때는 무서워요.

❸ 세금 받아서 도대체 어디에 쓰는 거야? 비만 오면 이렇게
( ) 패이는 곳은 빨리 공사를 해야 되잖아.

❹ 그 말을 듣는 순간 온몸에 ( ) 소름이 쫙 돋았어요.

❺ ( )한 근육 봤어? 한번만 만져 봤으면 좋겠다.

--------- 中文翻譯 ---------

❶ 要省點錢而在家裡自己剪瀏海，卻剪得參差不齊的，羞得不敢出門。

❷ 走在地板上總會發出吱嘎聲，大半夜沒開燈去上廁所時，真恐怖。

❸ 稅金收去之後究竟用在什麼地方？下個雨就變得坑坑窪窪的地方，實在應
該盡快施工。

❹ 聽到那件事的瞬間，全身立起雞皮疙瘩。

❺ 看到突起的肌肉了嗎？一次也好，真想摸摸看。

물렁물렁
mul-leong-mul-leong

柔軟、容易變形的樣子。軟趴趴。

복숭아가 오래돼서 **물렁물렁**해요.

（桃子熟過頭了，變得軟趴趴。）

흐물흐물
heu-mul-heu-mul

固體物溶開，成為粘液狀的流動物狀態。稀爛、軟軟糊糊。

야채가 너무 익어서 **흐물흐물**해졌어요.

（蔬菜燉煮過頭，變得軟軟糊糊的。）

보들보들
bo-deul-bo-deul

觸感很柔軟的樣子。軟乎乎、軟綿綿。

피부가 **보들보들**한 아기 살결 같아요.

（肌膚軟乎乎的就像是嬰兒的肌膚一樣。）

나긋나긋
na-geun-na-geut

對人態度很柔和的樣子。軟和、溫和、溫柔、細嫩、軟弱。

태도는 물론이고 목소리도 **나긋나긋**하네요.

（態度不用說，就連聲音也是溫柔的。）

고분고분
go-bun-go-bun

聽從別人所說的話的樣子。老實、順從。

애들이 **고분고분** 말을 잘 듣네요.

（小孩子總是很聽話的。）

▶ 從 ☐☐☐☐ 中挑選出適當的字填入（　　　　）裡。◀

| 나긋나긋　보들보들　고분고분　흐물흐물　물렁물렁 |

❶ 난 (　　　　　)한 홍시보다는 딱딱한 단감을 좋아해요.

❷ 할머니, 어떻게 관리하는데 이렇게 피부가 아기 피부처럼
(　　　　　)하세요? 비결 좀 알려 주세요.

❸ 냉장고가 고장나는 바람에 아이스크림이 녹아서 (　　　　)
해졌어요.

❹ 어른이 말을 하면 (　　　　　) 따르면 되는데 꼭 저렇게 말대
답을 하니까 밉다는 거야.

❺ 누구랑은 다르게 어쩜 저렇게 행동이나 목소리가 다
(　　　　　) 여성스러울까요? 누구는 좀 보고 배웠으면 좋겠
는데.

―――――――― 中文翻譯 ――――――――

❶ 我喜歡堅硬的甜柿更甚於熟爛的熟柿。

❷ 奶奶，您是怎麼保養的，您的皮膚像嬰兒的皮膚一樣如此光滑。請告訴我
秘訣吧！

❸ 冰箱故障了，冰淇淋融化變得軟綿綿的。

❹ 長輩説話只要乖乖跟著做就好，卻每次都要頂嘴，這是令人討厭的地方。

❺ 和某人不一樣，為什麼動作與聲音都那樣溫柔，充滿女性魅力呢。希望你
可以多多學習。

答案 ❶ 물렁물렁　❷ 보들보들　❸ 흐물흐물　❹ 고분고분　❺ 나긋나긋

쫄깃쫄깃
jjol-git-jjol-git

（食品）有韌度、彈性的樣子。黏、韌。

면이 쫄깃쫄깃해서 딱 내 취향이에요.

（麵條有彈性，正好是我喜歡的。）

아삭아삭
a-sag-a-sag

咬嚼脆口食物時的聲音，或是將食材切得細碎的聲音。喀哧、脆、脆生生。

야채가 신선해서 씹을 때 아삭아삭하네요.

（蔬菜很新鮮，咬下去脆脆的。）

말랑말랑
mal-lang-mal-lang

軟而輕的樣子。鬆軟、嫩軟。

식빵이 말랑말랑한 게 너무 맛있어요.

（吐司麵包鬆鬆軟軟的非常好吃。）

바삭바삭
ba-sag-ba-sag

咬嚼硬而薄之食物時的聲音或狀態。焦乾、嘣脆、酥。

전 바삭바삭 튀긴 게 좋아요.

（我喜歡炸得酥脆的。）

쫀득쫀득
jjon-deug-jjon-deug

咬嚼食物時，富有彈性、很有咀嚼感的狀態。黏黏糯糯。

떡이 쫀득쫀득 맛있어서 자꾸 먹게 돼요.

（麻糬黏黏糯糯很好吃而一直吃。）

▶ 從 ☐ 中挑選出適當的字填入（　　　　）裡。◀

┌───┐
│ 아삭아삭　　쫀득쫀득　　말랑말랑　　쫄깃쫄깃　　바삭바삭 │
└───┘

❶ 오징어가 (　　　　　)해서 안주거리로 소주랑 먹으니까 최고
네요.

❷ 막 튀겼을 때는 (　　　　　)해서 맛있었는데 하루 지나니까
맛이 없어요.

❸ 찹쌀이 들어가니까 (　　　　　)해지면서 더 맛있는 것 같아
요.

❹ 요즘 냉장고는 성능이 끝내 주네요. 일주일 전에 산 야채인데
어쩜 이렇게 (　　　　　) 맛있지요?

❺ 떡 좋아하세요? 얼린 떡을 전자레인지에 일 분만 돌리면
(　　　　　)해져서 진짜 맛있는데.

───────────── 中文翻譯 ─────────────

❶ 魷魚很有嚼勁，當下酒菜吃最好了。

❷ 剛炸好的時候酥酥脆脆很好吃，放了一天就難吃了。

❸ 因為有放糯米進去而變得軟軟糯糯，因而更加好吃。

❹ 最近冰箱性能實在太好了。一週前買的蔬菜怎能還這麼清脆好吃呢。

❺ 喜歡糕點嗎？把冷凍的糕點放進微波爐裡1分鐘，就會變得鬆鬆軟軟的很
好吃。

┌───┐
│ **答案** ❶ 쫄깃쫄깃　❷ 바삭바삭　❸ 쫀득쫀득　❹ 아삭아삭　❺ 말랑말랑 │
└───┘

顏色

알록달록
al-log-ddal-log

有些地方混著不同顏色，顏色濃淡不同，或是這樣的物品、狀態。花花綠綠、五顏六色。

요즘 누가 저런 알록달록한 옷을 입어요?

（現在還有誰會穿那麼花花綠綠的衣服呢？）

울긋불긋
ul-geut-bul-geut

有著各種顏色的樣子。花花綠綠、紅紅綠綠、大紅大紫。

울긋불긋 단풍으로 물든 산이 너무 예뻐요.

（因紅紅綠綠楓葉染了色的山非常美麗。）

희끗희끗
hui-kkeut-hui-kkeut

各處混著白色。花白、斑白、蒼蒼。

흰머리가 희끗희끗 보여서 염색했어요.

（因白髮斑駁依稀出現而染髮。）

거뭇거뭇
geo-meut-geo-meut

四處有黑斑的樣子。斑斑點點、青青的。

아직 중학생인데 벌써 턱에 수염이 거뭇거뭇해요.

（還是初中生，卻已經在下巴有鬍鬚青青的。）

노릇노릇
no-leun-no-leut

有著點點黃色的樣子。焦黃、黃澄澄。

튀김을 노릇노릇 맛있게 잘 튀겼네요.

（油炸物炸得黃澄澄地很可口。）

▶ 從 ☐ 中挑選出適當的字填入（　　　）裡。◀

┌───┐
│ 노릇노릇　희긋희긋　알록달록　거뭇거뭇　울긋불긋 │
└───┘

❶ 이 시기에 공원에 가면 (　　　　)한 꽃들이 예쁘게 피어 있
으니까 사진 찍어서 인스타그램에 올리면 좋아요.

❷ 요즘 얼굴 곳곳에 (　　　　)한 기미가 생겨서 속상해 죽겠
어요.

❸ 결혼식 전날 아버지 머리의 (　　　　)한 흰머리를 보고 있
자니 왜 갑자기 눈물이 나는 걸까요?

❹ 옛날에는 수수한 옷을 주로 입었는데 나이가 드니까 이상하
게 (　　　　)한 옷이 좋아지네요.

❺ 감자전 색깔이 (　　　　)해지면 뒤집으세요.

────────────── 中文翻譯 ──────────────

❶ 這個時期去公園，萬紫千紅的花朵正開得漂亮，可以拍照上傳Instagram。

❷ 最近臉上長了不少黑斑，真傷心。

❸ 婚禮前一天，看到父親依稀斑白的頭髮，突然莫名地掉下眼淚來。

❹ 我以前主要穿樸素的衣服，年紀大了之後，很奇怪地愛上花花綠綠的衣
服。

❺ 馬鈴薯煎餅顏色焦黃時，請翻面。

───

答案　❶ 울긋불긋　❷ 거뭇거뭇　❸ 희긋희긋　❹ 알록달록　❺ 노릇노릇

휘청휘청
hwi-cheong-hwi-cheong

腳步蹣跚不穩的樣子。顫巍巍、趔趄。

술에 취해서는 휘청휘청 걸어갔어요.

（酒醉了，腳步蹣跚地走了。）

절뚝절뚝
jeol-ttug-jeol-ttug

拖著一隻腳的樣子。一瘸一拐。

다리를 삐어서 절뚝절뚝하면서 걸었어요.

（腳挫傷，走路拖著腳一瘸一拐的。）

비틀비틀
bi-teul-bi-teul

身體無力的樣子、意識不清的樣子。搖搖擺擺、歪歪倒倒、東歪西倒。

애가 잠이 안 깨서 비틀비틀해요.

（小孩子還沒清醒，歪歪倒倒的。）

흐느적흐느적
heu-neu-jeog-heu-neu-jeog

物品慢慢地、大幅度地、不斷搖晃的樣子。搖搖擺擺。

흐느적흐느적 걷지 말고 빨리 오세요.

（不要搖搖晃晃地走，快點來。）

비척비척
bi-cheog-bi-cheog

腳步不穩，快跌倒的樣子。一扭一扭。

배가 고파서 비척비척 걸어서 편의점에 갔어요.

（肚子空空，腳步踉踉蹌蹌地走到便利超商去。）

▶ 從 [＿＿＿] 中挑選出適當的字填入（　　　）裡。 ◀

흐느적흐느적　　비틀비틀　　비척비척　　휘청휘청　　절뚝

❶ 옆집 아저씨가 또 (　　　　　) 걷는 걸 보니까 오늘 또 한 잔 걸치셨나 보네요.

❷ 저 사람은 왜 저렇게 항상 (　　　　　) 힘이 하나도 없는 것처럼 걷는 건지 보고 있으면 답답해요.

❸ 힐 신고 뛰다가 넘어지는 바람에 일주일 동안 (　　　　　) 거렸어요.

❹ 아침부터 아무것도 못 먹었다고 (　　　　　)하더니 밥 먹고 오겠다고 나갔어요.

❺ 아침부터 몸이 안 좋다고 했는데 걷다가 갑자기 몸이 (　　　　　)하더니 정신을 잃고 쓰러졌어요.

—— 中文翻譯 ——

❶ 看到鄰居老伯走路又跌跌撞撞的，看來今天又喝多了。

❷ 他為什麼老是走路搖搖晃晃的一點精神都沒有呢，看到他這樣就覺得唏噓啊。

❸ 因為穿高跟鞋奔跑跌倒的緣故，一整週都拖著腳一瘸一拐地走路。

❹ 他說早上起來什麼都沒吃而餓到站不住，於是說要去吃個飯再回來就出門了。

❺ 他說早上就不舒服，走著走著突然身體一軟就暈倒了。

答案　❶ 휘청휘청　❷ 흐느적흐느적　❸ 절뚝　❹ 비척비척　❺ 비틀비틀

黏住

찐득찐득
jjin-deug-jjin-deug

物品強力黏住的樣子。黏黏糊糊。

사탕이 녹아서 **찐득찐득**해요.

（糖果融掉變得黏糊糊的。）

찰싹
chal-ssag

毫無間隙地黏住的樣子。糊住。

항상 엄마 옆에 **찰싹** 붙어 있어요.

（總是黏在媽媽的身邊。）

끈적끈적
kkeun-jeog-kkeun-jeog

黏在物品上的樣子。黏、黏膩、黏糊糊。

땀을 많이 흘려서 몸이 **끈적끈적**해요.

（流了許多汗，身體變得黏答答的。）

쩍쩍
jjeog-jjeog

有黏性的物品黏住拔不掉的樣子。

엿이 이에 **쩍쩍** 들러붙어요.

（麥芽糖黏在牙齒上。）

덕지덕지
deog-ji-deog-ji

附著許多灰塵或污垢的樣子。厚厚地。

전자레인지에 때가 **덕지덕지** 끼어서 불결해요.

（微波爐裡沾滿汙垢，很骯髒。）

▶ 從 ⬚ 中挑選出適當的字填入（ 　　 ）裡。 ◀

> 끈적끈적　　덕지덕지　　찰싹　　찐득찐득　　쩍쩍

❶ 욕조에 때가 (　　　　) 끼어 있어요. 도저히 이런 곳에서는 목욕은 못 하겠어요.

❷ 손 좀 씻고 올게요. 엿이 손에 들러붙어서 (　　　　)해요.

❸ 땀 때문에 셔츠가 등에 (　　　　) 들러붙어서 보기가 그렇네요. 빨리 갈아입어야겠어요.

❹ 테이블이 (　　　　)해서 기분이 나빠요. 종업원 불러서 좀 닦아 달라고 해야겠어요.

❺ 테이프를 뗀 자리가 (　　　　) 들러붙는데 무슨 좋은 방법이 없을까요?

中文翻譯

❶ 浴缸裡附著著汙垢，實在是沒辦法在這種地方泡澡。
❷ 我去洗個手。麥芽糖黏在手上，黏糊糊的。
❸ 襯衫因為流汗黏在背上，很難看，我要快點去換衣服。
❹ 桌面黏黏的很噁心，要找店裡的人來擦桌子才行。
❺ 撕掉膠帶的地方黏糊糊的，有沒有什麼好辦法可以去掉？

答案 **❶** 덕지덕지 **❷** 찐득찐득 **❸** 찰싹 **❹** 끈적끈적 **❺** 쩍쩍

流汗

뺄뺄
ppol-ppol

流很多汗的樣子。

땀을 **뺄뺄** 흘리면서 혼자서 짐을 다 옮겼어요.

（流著滿身大汗，一個人搬完了所有的行李。）

줄줄
jul-jul

汗或血等不斷大量流出的樣子。簌簌。

그냥 밖에 서 있는데도 땀이 줄줄 나네요.

（只是站在外面而已，汗就一直往下滴。）

송골송골
song-gol-song-gol

汗或水珠在皮膚上呈現細小的點點的樣子。

오월인데도 더워서 이마에 땀이 **송골송골**해요.

（不過是五月，就熱得額頭汗珠點點的。）

방울방울
bang-ul-bang-ul

水等滴落的樣子。一滴一滴、滴滴、瀝瀝啦啦。

핫 요가를 하는데 땀이 **방울방울** 떨어졌어요.

（做熱瑜珈的時候，汗就滴滴答答掉下來。）

삐질삐질
ppi-jil-ppi-jil

非常困擾或痛苦時冒汗的樣子。冒冷汗的樣子。

땀을 **삐질삐질** 흘리면서 변명을 했어요.

（邊冒冷汗邊辯解。）

▶ 從 _____ 中挑選出適當的字填入 ( ) 裡。◀

송골송골　방울방울　뻘뻘　삐질삐질　줄줄

❶ 매운 걸 먹는다고 땀이 그렇게 ( ) 난단 말이에요?

❷ 사우나에서 바닥에 ( ) 떨어지는 땀을 보고 있으면
이상하게 기분이 좋아져요.

❸ 한여름에 에어컨도 없는 방에서 방문까지 닫고 땀을
( ) 흘리면서 뭐 하는 거예요?

❹ 아, 창피해. 선배 이마에 ( ) 맺힌 땀을 본 순간 나도
모르게 손수건으로 닦아 주고 있었어요.

❺ 오늘은 이렇게 값진 땀을 ( ) 흘리면서 봉사 활동을
해서 너무 보람 있는 하루를 보낸 것 같아요.

中文翻譯
---

❶ 吃到辣的東西，汗就那樣子一直流喔？

❷ 在三溫暖裡看到滴落在地板上的汗水，心情不由得變好。

❸ 盛夏在沒有冷氣的房間裡還關門，出著滿身大汗究竟在做什麼？

❹ 啊，好丟臉。看到學長的臉上冒出汗珠的一瞬間，我竟不知不覺拿起手帕
幫忙擦了。

❺ 今天流了這麼珍貴的汗水來奉獻，我好似過了很有意義的一天。

答案 ❶ 줄줄　❷ 방울방울　❸ 삐질삐질　❹ 송골송골　❺ 뻘뻘

49

UNIT 49　爭吵

아옹다옹
a-ong-da-ong

因為小事而經常爭吵的樣子。爭吵、吵吵嚷嚷。

둘이서 아옹다옹하면서 잘 사네요.
（兩個人過著愛鬥嘴而幸福的生活。）

옥신각신
og-sin-gag-ssin

互相主張自己才是對的而爭吵。爭論、吵架。

서로 자기가 옳다고 옥신각신하고 있어요.
（兩人都爭論著自己才是對的。）

티격태격
ti-gyeog-tae-gyeog

互相意見不合，一邊爭論是非的樣子。爭吵、鬧意見。

다들 형제끼리 티격태격하면서 크는 거예요.
（兄弟姊妹們，都是在各種爭吵中成長。）

고래고래
go-lae-go-lae

非常憤怒，大聲喊叫的樣子。高聲喊叫、咆哮。

옆집 부부가 밤새도록 고래고래 고함을 치면서 싸웠어요.
（隔壁的夫婦大聲咆哮吵了一整晚。）

퍽퍽
peog-peog

不斷敲頭等的聲音、這樣的狀況。啪啦。

퍽퍽 때리는 소리가 들렸어요.
（啪啦啪啦的毆打聲傳來。）

▶ 從 ☐ 中挑選出適當的字填入（ ）裡。◀

티격태격	아옹다옹	퍽퍽	옥신각신	고래고래

❶ 결혼 전부터 혼수 문제로 ( )하더니 결국 일 년을 못 살고 헤어졌대요.

❷ 싸우는 건 자유지만 그렇게 ( ) 큰 소리로 싸우면 다른 사람들한테 민폐잖아요.

❸ 정말 유치한 일로 ( ) 말다툼하는 두 사람을 보고 있으면 저도 빨리 결혼하고 싶어요.

❹ 처음에는 말로 가볍게 ( )하는 것 같더니 갑자기 주먹을 날리면서 몸싸움을 시작했어요.

❺ 남자들은 친구끼리 ( ) 치고 받아도 뒤끝이 없다고 들었는데 저 사람은 왜 저래요?

--- 中文翻譯 ---

❶ 結婚前開始就為了結婚費用問題而爭吵，結果結婚不到一年就分手了。

❷ 吵架雖然是自由，但是這麼大聲的爭吵，會造成別人的困擾的。

❸ 看到兩人為著雞毛蒜皮的小事鬥嘴的樣子，我也想要早點結婚。

❹ 一開始好像只是小爭論，突然就提起拳頭互毆起來。

❺ 聽説男生在朋友之間就是打架也不會記仇的，可是他為什麼會那樣呢？

答案 ❶ 옥신각신 ❷ 고래고래 ❸ 아옹다옹 ❹ 티격태격 ❺ 퍽퍽

聚集／分開

50

올망졸망
ol-mang-jol-mang

許多可愛、同年齡的小孩聚集在一起的樣子。大大小小。

조그만 애들이 올망졸망 모여 있는게 너무 귀여워요.

（小小的孩子群聚在一起，非常可愛。）

옹기종기
ong-gi-jong-gi

大小不一的小物品聚集在一起的樣子。大小不一、大大小小。

여자애들이 옹기종기 모여서 수다를 떨고 있었어요.

（女孩子們成堆地聚在一起聊天。）

복작복작
bog-jag-bog-jag

許多人聚集在狹隘的地方，吵鬧的樣子。鬧哄哄地。

주말 저녁이 되면 젊은이들로 복작복작해요.

（一到週末的夜晚，年輕人就擠得滿滿的吵吵嚷嚷的。）

따닥따닥
tta-dag-tta-dag

許多小東西擠在一個地方的樣子。累累、密密麻麻。

좁은 곳에서 따닥따닥 붙어서 중계를 봤어요.

（擠在一個狹小的地方看直播。）

널찍널찍
neol-jjing-neol-jjig

中間距離很遠的樣子。寬敞。

옆 사람하고 안 부딪치게 널찍널찍 떨어져서 서세요.

（請拉開間距站立，不要撞到旁人。）

▶ 從 ☐ 中挑選出適當的字填入 ( ) 裡。◀

| 널찍널찍　따닥따닥　옹기종기　복작복작　올망졸망 |

❶ 어릴 때는 방학이 되면 시골에 놀러 가서 매일 밤 할머니 방에 ( ) 모여서 옛날 이야기를 듣곤 했어요.

❷ 연휴라서 그런지 마트가 사람들로 ( )하네요.

❸ 유치원생들이 소풍을 가나 봐요. ( )한 애들이 줄지어서 가는 걸 보니까 딸 어릴 때가 생각나네요.

❹ 집에 가구가 별로 없으니까 ( )해서 좋네요.

❺ 아침에 일어나서 아파트 주차장에 차들이 ( ) 붙어 있는 걸 보면 도대체 어떻게 주차를 한 건지 진짜 신기해.

───────── 中文翻譯 ─────────

❶ 小時候只要放假就會到鄉下玩，每天晚上聚集在祖母的房間，聽著故事。

❷ 或許是因為連續假期的關係，大型超市人聲鼎沸。

❸ 似乎是幼兒園生的遠足。看到小不點的孩子一叢一叢排隊的樣子，就想起女兒小時候。

❹ 家裡家具不多，很寬敞很好。

❺ 早上起床，看到公寓的停車場車子一車貼一車地停著，到底是怎麼停的感覺真神奇。

答案 ❶ 옹기종기　❷ 복작복작　❸ 올망졸망　❹ 널찍널찍　❺ 따닥따닥

表示動物叫聲的擬聲語

表示動物叫聲時，經常使用擬聲語。
這是什麼動物的叫聲呢？

kkwaeg-kkwaeg
❶ 꽥꽥

ya-ong
❷ 야옹

kkul-kkul
❸ 꿀꿀

gae-gul-ge-gul
❹ 개굴개굴

jjig-jjig
❺ 찍찍

jjaeg-jjaeg
❻ 짹짹

eum-mae
❼ 음매

kko-kki-o
❽ 꼬끼오

meong-meong
❾ 멍멍

maem-maem
❿ 맴맴

kka-ag-kka-ag
⓫ 까악까악

eu-leu-leong
⓬ 으르렁

ppi-ag-ppi-ag
⓭ 삐악삐악

bu-eong-bu-eong
⓮ 부엉부엉

hi-hi-hing
⓯ 히히힝

---

❶ 鴨子（呱呱）　　❷ 貓（喵）　　❸ 豬（齁齁）

❹ 青蛙（嗰嗰）　　❺ 老鼠（吱吱）　　❻ 麻雀（吱喳）

❼ 牛（哞）　　❽ 雞（咕咕）　　❾ 狗（汪汪）

❿ 蟬（唧唧）　　⓫ 烏鴉（啞啞）　　⓬ 獅子、老虎（吼）

⓭ 小雞（嘰嘰）　　⓮ 貓頭鷹（嗚嗚）　　⓯ 馬（嘶嘶）

第6章

아슬아슬
a-seul-a-seul

到達極限、再無餘地，或是這樣的狀態。險、驚險。

비행기 출발 전에 아슬아슬하게 도착했어요.

（在飛機起飛前驚險到達。）

섬뜩섬뜩
seom-tteug-seom-tteug

因為恐懼或害怕而緊張的狀態。悚然。

배우들 분장이 리얼해서 섬뜩섬뜩하네요.

（演員們的扮裝太過真實，令人毛骨悚然。）

＊也可以用섬뜩。

조심조심
jo-sim-jo-sim

對說話或行動特別注意，以免犯錯誤。小心。

깨지기 쉬우니까 조심조심 나르세요.

（這是易碎物品，搬運時請特別小心。）

곤드레만드레
gon-deu-le-man-deu-le

因為嚴重酒醉而行為放縱的樣子。酩酊大醉、爛醉如泥。

곤드레만드레 취해서는 사람도 몰라봐요.

（爛醉如泥後人也不認得。）

아찔아찔
a-jjil-a-jjil

因為頭暈而快要倒下的樣子。暈。

전망대에서 밑을 보니까 아찔아찔하네요.

（從展望台往下望，頭都暈了。）

＊也可以使用아찔。

▶ 從 ☐ 中挑選出適當的字填入 ( ) 裡。◀

| 아찔아찔　곤드레만드레　조심조심　아슬아슬　섬뜩 |

❶ 술을 얼마나 마셨는지 ( ) 취해서는 팔자로 비틀비틀 걷는 게 넘어질 것 같아 불안하네요.

❷ 너 그 여자 조심해. 아까 널 볼 때의 눈빛이 너무 ( ) 했어.

❸ 엘리베이터가 고장 나서 계단으로 내려갈 건데 서두르지 말고 천천히 ( ) 내려가도록 하세요.

❹ 보기만 해도 ( )한데 이 높이에서 뛰어내린다는 거예요?

❺ 항상 저렇게 ( )하게 도착하지 말고 조금만 여유 있게 출발하면 좋을텐데 몇 번을 말해도 소용이 없어.

―――――――――― 中文翻譯 ――――――――――

❶ 到底喝了多少酒，醉得跟跟蹌蹌地走著 8 字形，好像隨時會跌倒的樣子，令人不安。

❷ 你最好小心那個女人，剛才她看你時的眼神很嚇人。

❸ 電梯故障了所以要走樓梯下樓，請不要著急，慢慢來、小心翼翼地下樓去。

❹ 光是往下看都覺得頭暈，真的要從這麼高的地方跳下去嗎？

❺ 別老是趕著最後一秒鐘到達，明明只要早一點悠悠然出發就可以了，說幾次都沒用。

答案 ❶ 곤드레만드레 ❷ 섬뜩 ❸ 조심조심 ❹ 아찔아찔 ❺ 아슬아슬

感覺好 ......

53

또록또록
tto-log-tto-log

說話方式、態度、個性、行動等直接的樣子。直爽。

애가 또록또록 말을 아주 잘 하네요.

（小孩子說起話來活潑伶俐。）

활짝
hwal-jjag

整張臉都浮起笑容的樣子。敞開、豁然打開貌。

활짝 웃는 얼굴이 행복해 보여요.

（開懷笑的表情，看起來很幸福。）

척척
cheog-cheog

整潑而迅速地進行事物的狀態。

굳이 말을 안 해도 척척 알아서 다 해요.

（不須特別囑咐，就能自己主動唰唰地全部做完了。）

솔솔
sol-sol

風輕爽地吹拂的樣子。徐徐。

바람이 기분 좋게 솔솔 불어요.

（風令人心曠神怡徐徐地吹拂著。）

시원시원
si-won-si-won

說話方式、態度、個性、行動很爽快的樣子。大方、痛快。

성격이 시원시원해서 좋네요.

（個性爽朗好喜歡。）

▶ 從 [＿＿＿＿] 中挑選出適當的字填入（　　　）裡。◀

| 시원시원　　척척　　솔솔　　활짝　　또록또록 |

❶ 배가 부른데다 바람까지 기분 좋게 (　　　　　) 부니까 너무 졸리네요.

❷ 사람들 앞에서 하나도 떨지도 않고 (　　　　　) 자기 의견을 말하는데 정말 누구 집 아들인지 부럽더라.

❸ 옛날에는 그렇게 짠돌이더니 출세하니까 같이 밥 먹으러 가도 자기가 돈을 (　　　　　) 내고, 사람이 많이 변했네.

❹ 내가 평생 그렇게 (　　　　　) 웃게 해 줄게요.

❺ 난 우유부단한 스타일은 딱 질색인데 저 사람은 성격도 태도도 다 (　　　　　)해서 나랑 정말 잘 맞는 것 같아요.

─────── 中文翻譯 ───────

❶ 肚子吃得很飽，再加上風又徐徐吹來，就睏了。

❷ 在人前完全不會緊張，大方陳述自己的意見，不知道是誰家的孩子，真羨慕。

❸ 以前小氣得要命，可在出人頭地之後，一起吃飯都會豪爽的請客，完全變了一個人。

❹ 我會讓你一生都能那樣開懷地笑。

❺ 我最討厭優柔寡斷型的人，他的個性和態度都很直爽，感覺和我很合得來。

答案 ❶ 솔솔　❷ 또록또록　❸ 척척　❹ 활짝　❺ 시원시원

UNIT 53

징글징글
jing-geul-jing-geul

讓人覺得毛骨悚然、不舒服的樣子。猙獰、厭惡、噁心。

나를 볼 때 눈빛이 징글징글해요.
（他看著我的時候，那種眼神令人發毛。）

지긋지긋
ji-geut-ji-geut

對事物感到膩煩、厭惡。膩、膩煩、膩味。

그 사람이라면 이제 지긋지긋해요.
（對於他，現在已經感到膩煩了。）

능글능글
neung-geul-neung-geul

厚顏無恥到令人厭惡。狡點地、陰險狡猾地。

능글능글한 웃음이 마음에 안 들어요.
（那種陰險的笑真不喜歡。）

구질구질
gu-jil-gu-jil

（雨、雪等不斷下著）天氣陰暗的樣子。放蕩的樣子。（性格、做事方法等）陰鬱的樣子。

구질구질한 날씨가 계속되네요.
（陰陰沉沉的天氣一直持續著。）

알랑알랑
al-lang-al-lang

為了得到好感而阿諛奉承的樣子。諂媚、阿諛、奉承。

또 부장님한테 알랑알랑하고 있어요.
（又向部長卑躬屈膝去了。）

▶ 從 [_____] 中挑選出適當的字填入 ( ) 裡。◀

| 구지구질 | 징글징글 | 알랑 | 지긋지긋 | 능글능글 |

❶ 조금 괜찮은 남자만 있으면 그 앞에서 ( )거리는데 같은 여자가 봐도 참 그렇다.

❷ 내가 웬만하면 참으려고 했는데 이제는 저 ( )한 눈빛만 봐도 올릴 것 같아.

❸ 첫인상은 참 좋았는데 시간이 갈수록 ( )한 태도에 호감이 떨어졌어요.

❹ 나랑 사는 게 ( )하다는데 뭘 더 생각해 보라는 거야?

❺ 남자가 여자가 싫다는데 왜 그렇게 미련을 못 버리고 ( )하게 쫓아다녀요?

─────── 中文翻譯 ───────

❶ 有個稍微好一點的男生，就前去哈腰。同為女性實在覺得很那個。

❷ 平常我想忍耐，可是現在光是看到那噁心的眼神就想發火。

❸ 第一印象很好，但隨著時間流逝，他那種狡猾的態度讓人對他的好感跌落千丈層崖。

❹ 既然說和我一起生活已經感到厭煩，怎麼還說再多思考一下？

❺ 男人說不喜歡女人了，為何還拋不掉殘念而苦苦糾纏呢？

答案 ❶ 알랑 ❷ 징글징글 ❸ 능글능글 ❹ 지긋지긋 ❺ 구질구질

들썩들썩
deul-sseog-deul-sseog

快樂、心情愉悅無法平靜的樣子。吵吵嚷嚷、亂哄哄。

빨리 나가고 싶어서 엉덩이가 들썩들썩해요.

（想快點出門屁股一直浮動著。）

싱숭생숭
sing-sung-saeng-sung

心情或態度不沉著的樣子。心亂、忐忑不安。

결혼식 전날 마음이 싱숭생숭해서 잠이 안 와요.

（婚禮前一天，心情忐忑亂到睡不著。）

두근두근
du-geun-du-geun

因為期待或喜悅等，心情無法平靜，心驚肉跳的樣子。突突、怦、怦怦地。

출근 첫날, 기대감으로 가슴이 두근두근해요.

（上班第一天，因為期待而心怦怦地跳動。）

조마조마
jo-ma-jo-ma

因為擔心事情的走向而憂心忡忡。提心吊膽、忐忑不安。

검사 결과를 알 때까지 가슴이 조마조마했어요.

（在檢查結果出來之前，心一直糾結著。）

안달복달
an-dal-bog-dal

因為沒有按照自己的預料發展，焦急到心情不安。急躁、焦急。

그렇게 안달복달하지 말고 좀 침착하세요.

（不用這麼焦躁，放輕鬆沉著一點。）

＊也可以使用안절부절。

▶ 從 ⬚ 中挑選出適當的字填入（　　　）裡。◀

| 안달복달　　싱숭생숭　　두근　　들썩　　조마조마 |

❶ 그 사람만 보면 가슴이 (　　　　)거려서 하고 싶은 말도 못
하는 바보예요.

❷ 스피치할 때 떨어서 실수할까 봐 가슴이 (　　　　) 했는데
무사히 끝나서 다행이에요.

❸ 어떡해. 선배가 오늘 군대 가면 한동안 못 만난다는 생각에
(　　　　)해서 잠을 못 자는 바람에 화장이 안 먹어요.

❹ 조금 있으면 연락 올 테니까 그렇게 전화기 앞에서
(　　　　)하지 말고 차분하게 앉아서 기다려.

❺ 다들 오후에 발표될 연말 보너스 생각에 기분이 (　　　　)
거려서 일이 전혀 손에 안 잡히나 봐요.

中文翻譯
---

❶ 我就是個每次看到他就胸口怦怦跳，想說的話都說不出口的笨蛋。

❷ 演說致詞的時候，恐怕失誤而提心吊膽的，還好順利結束了。

❸ 怎麼辦？想到學長今天就要入伍，有一陣子不能見面，就心神不定睡不
著，妝都上不好了。

❹ 稍等一下聯絡就會到來，不用在電話前面乾著急，冷靜一點坐著等。

❺ 大家都為下午要公布的年終獎金而坐立不安，完全無心於工作。

答案 ❶ 두근　❷ 조마조마　❸ 싱숭생숭　❹ 안달복달　❺ 들썩

舒適

56

부들부들
bu-deul-bu-deul

觸感舒適柔軟的狀態。細膩。

털이 **부들부들**해서 촉감이 너무 좋아요.

（毛皮毛茸茸的，觸感太好了。）

미끈미끈
mi-kkeun-mi-kkeun

潮濕而滑順、光滑的樣子。滑、溜、光溜。

샤워 후에 오일을 바르면 피부가 **미끈미끈**해져요.

（淋浴後如果塗上油，皮膚會變得光滑。）

푹신푹신
pug-sin-pug-sin

柔軟而蓬鬆的樣子。鬆軟、綿柔。

역시 오리털 이불이 **푹신푹신**한 게 기분이 좋네요.

（還是鴨毛被鬆軟舒服。）

찰랑
chal-lang

物品沒有濕氣或黏性，有著乾燥的感觸。飄飄。

무슨 샴푸를 써서 이렇게 머리가 **찰랑**거려요?

（用了什麼洗髮精，才能讓頭髮這麼的飄逸。）

보송보송
bo-song-bo-song

乾燥而無濕氣、柔軟的樣子。蓬鬆的。

이불을 햇볕에 말리면 **보송보송**해져요.

（棉被曬過太陽就會變得蓬鬆。）

▶ 從 ⬚ 中挑選出適當的字填入 ( ) 裡。◀

| 보송보송 | 찰랑 | 푹신푹신 | 부들부들 | 미끈미끈 |

❶ 날씨가 좋으니까 빨래가 ( ) 잘 마르네요.

❷ 남자 피부가 너무 ( )하니까 오히려 기분이 나쁘네.

❸ 머리를 감으면 저렇게 ( )거리면서 예쁜데 평소에도
매일 감으면 좋을텐데, 참.

❹ 이거 무슨 털인데 이렇게 ( )해요? 너무 부드러워서
계속 만지게 돼요.

❺ 침대가 ( )해서 난 좋지만 허리가 안 좋은 사람한테
는 조금 딱딱한 편이 더 낫지 않아요?

中文翻譯

❶ 天氣很好,洗好的衣物都曬得乾燥鬆軟。

❷ 男人的肌膚太過滑嫩,反而讓人覺得噁心。

❸ 頭髮洗過之後就會這麼飄逸美麗,平常也該每天洗的,真是…。

❹ 這是什麼毛皮,這麼毛茸茸呢。真是太柔軟了,不由得一直撫摸。

❺ 床鋪鬆鬆軟軟對我來說雖然好,但對於腰不好的人,稍微硬一點會比較好
吧?

答案 ❶ 보송보송 ❷ 미끈미끈 ❸ 찰랑 ❹ 부들부들 ❺ 푹신푹신

UNIT 56 觸感不佳

57

거칠거칠
geo-chil-geo-chil

因為失去水氣或油脂而有粗糙、毛糙的感覺。

설거지를 많이 해서 손이 **거칠거칠**해요.

（因為洗太多碗盤，手都變粗了。）

도돌도돌
do-dol-do-dol

有許多小突起的狀態。

등에 **도돌도돌** 땀띠가 잔뜩 났어요.

（背上長了許多顆粒狀的汗疹。）

바슬바슬
ba-seul-ba-seul

物品沒有濕氣或黏性，感覺乾巴巴的狀態。

과자가 오래돼서 **바슬바슬** 부스러져요.

（餅乾放太久了，變得乾巴巴的。）

까슬까슬
kka-seul-kka-seul

觸感粗糙、不平滑的樣子。粗糙。

수염을 안 깎아서 **까슬까슬**해요.

（沒剃鬍鬚所以粗粗的。）

물컹물컹
mul-keong-mul-keong

柔軟沒有彈性，很容易變形的樣子。爛糊糊、軟呼呼。

만지면 **물컹물컹**한 게 기분 나빠요.

（摸起來爛糊糊的有點噁心。）

▶ 從 ☐☐☐☐ 中挑選出適當的字填入（　　　）裡。◀

| 거칠거칠　도돌도돌　물컹물컹　바슬바슬　까슬까슬 |

❶ 애가 갑자기 온몸에 (　　　　　)한 게 올라오면서 열이 펄펄 끓는데 빨리 병원에 데리고 가야겠어요.

❷ 고생 때문에 (　　　　　)해진 어머니 손을 잡고 한참을 울었어요.

❸ 이 정체불명의 (　　　　　)한 건 도대체 언제부터 냉장고에 들어 있던 거야?

❹ 식빵에 곰팡이가 피어서 만지자마자 (　　　　　) 부스러지면서 식탁 위가 엉망이 됐어요.

❺ 이 터틀넥 스웨터는 옷감이 (　　　　　)해서 입으면 목 부분이 아플 것 같아요.

────────── 中文翻譯 ──────────

❶ 小孩的身上突然長出顆粒又發高燒，要快點送去醫院才行。

❷ 握著母親因為辛苦而變得粗糙的手，就哭了。

❸ 這個來路不明爛糊糊的東西，到底是什麼時候放進冰箱裡的？

❹ 吐司發霉，一摸就碎掉散落，餐桌上一團糟。

❺ 這個套頭毛衣料子粗糙，穿上去脖子好像會刺痛。

答案 ❶ 도돌도돌　❷ 거칠거칠　❸ 물컹물컹　❹ 바슬바슬　❺ 까슬까슬

有／無精神

펄펄
peol-peol

很有精神地活動的樣子。活蹦亂跳。

그렇게 움직이고도 아직도 펄펄 날아다니네요.

（那麼的活潑，還蹦蹦跳跳的呢！）

깡충깡충
kkang-chung-kkang-chung

輕巧地不斷跳躍的樣子。蹦蹦跳跳。

하루 종일 밖에서 깡충깡충 뛰어놀았어요.

（一整天都在外面蹦蹦跳跳著玩。）

쑥쑥
ssug-ssug

很有精神地成長的樣子。噌噌噌。

쑥쑥 크는 애들을 보면서 힘을 내요.

（看到成長茁壯的孩子們，提起精神來）

시들시들
si-deul-si-deul

有些萎蔫失去生氣的樣子。乾枯、憔悴、萎蔫。

상추가 시들시들해져서 버렸어요.

（因為萵苣葉都乾枯了，於是就丟掉了。）

축
chug

疲憊、虛弱、無力的樣子。耷拉、下垂。

어깨가 축 처져서 걸어갔어요.

（垂頭喪氣地走了。）

▶ 從 [_____] 中挑選出適當的字填入 ( ) 裡。 ◀

쑥쑥 축 시들시들 펄펄 깡충깡충

❶ 내일 날씨가 좋으면 바다에 가자고 하니까 애들이
( ) 좋아 죽네요.

❷ 누가 선수 생명이 끝났다고 했어요? 수술하고 복귀하더니 저
렇게 ( ) 날아다니는데.

❸ 어깨가 ( ) 쳐져서 돌아서는 그 사람 뒷모습이 너무
외로워 보여서 동정으로 결혼했다가 지금 이 꼴이잖아.

❹ ( ) 크는 애들을 보고 있으면 나도 더 열심히 일해야
겠다고 결심하게 돼요.

❺ 참고로 말하자면 전 일주일만 지나면 ( )해져서 결
국 버려야 되는 꽃보다는 실용적인 선물을 좋아해요.

中文翻譯

❶ 跟孩子們說明天天氣好的話就去海邊，他們都高興得跳起來。

❷ 是誰說選手生命已經結束。手術之後回歸，還是活蹦亂跳的呢！

❸ 看他那肩膀下垂的落寞背影，我因同情而跟他結婚，結果現在這麼慘。

❹ 看到孩子們茁壯成長的樣子，心中想著我一定要更努力工作才行！

❺ 說來作為參考，我喜歡實用的禮物，更甚於放一週就會枯萎，終究要丟棄
的花。

答案 ❶ 깡충깡충 ❷ 펄펄 ❸ 축 ❹ 쑥쑥 ❺ 시들시들

身體不適

어질어질
eo-jil-eo-jil

暈眩快要倒下的樣子。昏、暈眩、暈暈忽忽。

갑자기 머리가 **어질어질**해요.
（突然頭暈眩。）

울렁울렁
ul-leong-ul-leong

噁心想吐的感覺。擺動、晃動。

속이 **울렁울렁**하면서 토할 것 같아요.
（胸口感到噁心，好像要吐的樣子。）

＊也可以使用메슥메슥。

골골
gol-gol

身體虛弱，容易生病的樣子。病懨懨、病殃殃。

감기 걸려서 또 **골골**하고 있어요.
（染上感冒，又生病了。）

후들후들
hu-deul-hu-deul

身體無力的樣子。發抖、發軟、瑟瑟。

긴장돼서 다리가 **후들후들** 떨려요.
（因緊張而雙腳哆哆地發抖。）

욱신욱신
ug-sin-ug-sin

頭或傷口等有著脈搏跳動般不斷的強烈疼痛。絲絲、抽痛。

몸살이 나서 온몸이 **욱신욱신** 아파요.
（身體困乏，渾身抽痛。）

▶ 從 [　　　] 中挑選出適當的字填入 (　　　) 裡。◀

| 골골　　욱신욱신　　울렁울렁　　어질어질　　후들 |

❶ 자주 (　　　　　)하고 손발이 붓는다면 이 약을 한번 드셔 보세요.

❷ 내가 속이 좀 (　　　　)해서 일찍 좀 조퇴해도 되냐고 하니 까 부장님이 임신이라도 했냐고 하는데 이거 성희롱 아니야?

❸ 어제 오랜만에 마라톤 연습을 했더니 근육통 때문에 다리가 (　　　　)거려요.

❹ 어릴 때는 항상 (　　　　)해서 잘 뛰지도 못 하더니 지금은 근육질의 멋진 남자가 됐네.

❺ 아침에 일어나니까 자다가 누가 발로 밟은 것처럼 온몸이 (　　　　)한 게 사우나라도 가야겠어요.

--- 中文翻譯 ---

❶ 如果經常頭暈、手腳浮腫的話，請吃這個藥試試。
❷ 我覺得有點噁心想吐所以問可不可以先下班，結果部長問我是不是懷孕了，這算不算是性騷擾？
❸ 昨天做了久沒做的馬拉松練習，今天肌肉痠痛腳都軟了。
❹ 小時候病懨懨的連跑都不會，現在卻是個帥氣的肌肉男了。
❺ 早上起床，好像是睡著的時候被人用腳踩過一樣，渾身痠痛，我該去泡個三溫暖了。

答案　❶ 어질어질　❷ 울렁울렁　❸ 후들　❹ 골골　❺ 욱신욱신

喧鬧

들락날락
deul-lang-nal-lag

頻繁地出出入入的樣子。進進出出。

하루 종일 사람들이 들락날락해서 정신이 없어요.

（整天許多人進進出出的，沒得消停。）

술렁술렁
sul-leong-sul-leong

許多人聚集在一起，吵吵嚷嚷的樣子。波動、騷動、激盪。

사람들이 술렁술렁 동요하기 시작했어요.

（人們吵吵嚷嚷開始騷動動搖起來。）

＊也可以使用웅성웅성。

우당탕퉁탕
u-dang-tang-tung-tang

物品掉落、撞到地板上、奔跑的聲音，或是這樣的狀態。哐噹、空隆。

오늘도 또 윗집 애들이 우당탕퉁탕 시끄럽네요.

（今天樓上的那些小孩子又跌跌撞撞吵得要命。）

＊也可以使用우당탕。

우르르
u-leu-leu

（許多的人、動物）聚集行走、行動的狀態。呼啦、一擁而上。

갑자기 우르르 몰려와서 깜짝 놀랐어요.

（突然蜂擁而來，嚇了我一跳。）

뒤숭숭
dwi-sung-sung

因為事件的發生而造成混亂。不平靜、不平穩。亂糟糟、心煩意亂、心亂。

분위기가 뒤숭숭하니까 전 얌전히 있을래요.

（氣氛劍拔弩張的，我要老實一點。）

▶ 從 ⬚ 中挑選出適當的字填入（　　　）裡。◀

우당탕퉁탕　우르르　들락날락　술렁　뒤숭숭

❶ 한 시간이 지나도 결혼식장에 신랑이 나타나지 않자 하객들
이 (　　　　)거리기 시작했어요.

❷ 아들이랑 남편이 레슬링한다고 (　　　　)하는 바람에 아
래층 사람이 항의하러 왔어요.

❸ 오빠가 부모님이 반대하는 결혼을 하겠다고 해서 지금 집안
분위기가 (　　　　)해요.

❹ 지금 이 드라마 아주 중요한 장면인데 집중 안 되게 아까부터
왜 그렇게 (　　　　)하는 거예요?

❺ 공항에 팬들이 얼굴 한번 보겠다고 (　　　　) 몰려드는 바
람에 난리도 아니었어요.

中文翻譯

❶ 過了1小時，結婚典禮會場上新郎依然沒出現，賓客開始騷動起來。

❷ 兒子和先生說在玩摔角而轟轟隆隆的，樓下的人來抗議了。

❸ 哥哥宣告要和父母反對的對象結婚，現在家裡的氣氛陰森森的。

❹ 這齣戲正演到最關鍵的情節，幹嘛一直進進出出的害我都不能專心看？

❺ 粉絲們都想看一眼而蜂擁到機場，場面一團糟。

答案　❶ 술렁　❷ 우당탕퉁탕　❸ 뒤숭숭　❹ 들락날락　❺ 우르르

混亂

알쏭달쏭
al-ssong-dal-ssong

態度或事物不明確。模糊不清，或是這樣的狀態。模模糊糊、模糊不清。

기억이 **알쏭달쏭**해서 잘 모르겠어요.
（記憶模糊記不得了。）

갸우뚱갸우뚱
gya-u-ttung-gya-u-ttung

覺得可疑、不可思議，歪著頭的樣子。晃晃悠悠。

몇 번을 설명해도 고개를 **갸우뚱갸우뚱**하네요.
（不管說明幾次，還是歪斜頭一臉疑惑的樣子。）

비슷비슷
bi-seut-bbi-seut

每個看起來都差不多，沒有太大的差異。差不多少、大同小異、半斤八兩。

다 **비슷비슷**해서 구별을 못 하겠어요.
（全部都大同小異，根本無法區分。）

갈팡질팡
gal-pang-jil-pang

對於超出預料的事，不知該如何對應。不知所措、徬徨。

누구 말이 맞는지 아직도 **갈팡질팡**해요.
（究竟誰說的是對的，我仍在困惑中。）

오락가락
o-lag-gga-lag

說法一直改變、意識不清模模糊糊。轉來轉去、說來說去、迷迷糊糊、停停走走、來來去去。

말이 **오락가락**하니까 짜증나요.
（說法反反覆覆，令人火氣都上來了。）

▶ 從 ⬛ 中挑選出適當的字填入（ ）裡。 ◀

| 갈팡질팡 비슷비슷 오락가락 갸우뚱갸우뚱 알쏭달쏭 |

❶ 그 사람 태도가 어떨 때 보면 날 좋아하는 것도 같도 또 어떨 때 보면 관심이 없는 것도 같고 (   )해서 잘 모르겠어요.

❷ 강의 도중에 한 학생이 계속 고개를 (   )하면서 못마땅한 표정을 짓고 있는 거예요.

❸ 사고 직후에는 정신이 (   )해서 걱정을 많이 했는데 별일 없어서 정말 다행이에요.

❹ 요즘 아이돌은 얼굴이 다 (   )하니까 누가 누군지를 모르겠어요.

❺ 두 여자 사이에서 (   )하지 말고 누구를 선택할 건지 확실히 하세요.

中文翻譯

❶ 他的態度有時候好像是喜歡我，有時候又覺得好像不在乎，模稜兩可不知道他是什麼意思。

❷ 在課堂上，有一個學生一直左右歪著頭，一副不能贊同的表情。

❸ 剛發生事故時，意識好一陣子壞一陣子令人擔心，還好沒事真幸運。

❹ 最近的偶像都長得很像，無法分辨到底誰是誰。

❺ 別在兩個女人之間猶豫不決，到底要選誰，確實地下定決心吧。

答案 ❶ 알쏭달쏭 ❷ 갸우뚱갸우뚱 ❸ 오락가락 ❹ 비슷비슷 ❺ 갈팡질팡

韓語擬聲語

表現	意思與例子
쥐락펴락 jwi-lag-pyeo-lag	人任意操縱權力或勢力的狀態。任意擺布、收收放放、操縱。 **나를 자기 마음대로 쥐락펴락할 수 있을 것 같아?** （你覺得自己似乎可以隨意操控我？）
우락부락 u-lag-bbu-lag	粗魯。 **생긴 건 우락부락한데 정말 섬세한 사람이에요.** （雖然外表長得粗魯，其實是個細膩的人。）
꼼짝달싹 kkom-jjag-ddal-ssag	主要和「做不到」一起使用。束手就擒的樣子。 **남편은 시아버지 말에는 꼼짝달싹 못해요.** （丈夫無法違逆父親說的話。）
도란도란 do-lan-do-lan	幾個人一起小聲親密說話的聲音，竊竊私語。 **고부 간에 도란도란 얘기하는 모습이 진짜 모녀 같아요.** （婆婆與媳婦一起愉悅閒聊的樣子，就像是親母女一樣。）
얼렁뚱땅 eol-leong-ttung-ttang	輕描淡寫，把人呼攏過去。 **사람을 얼렁뚱땅 속일 생각하지 말고 사실대로 얘기해.** （別想呼攏過去，說真話。）
후비적 후비적 hu-bi-jeog-hu-bi-jeog	挖穿間隔的模樣。 **툭하면 저렇게 코를 후비적후비적거리니까 더러워 죽겠어요.** （動不動就那樣挖鼻子真的很骯髒。）
엎치락 뒤치락 eop-chi-lag-ddwi-chi-lag	睡不穩一直翻身的模樣。翻來覆去。 **밤새도록 엎치락뒤치락하는 바람에 나까지 잠을 못 잤잖아.** （一整晚都翻來覆去的，害得我也睡不著。）

索引

台灣廣廈 國際出版集團
Taiwan Mansion International Group

國家圖書館出版品預行編目（CIP）資料

韓檢必考最高頻率擬聲擬態語 / 辛昭靜著. -- 1版. -- 新北市：語研學院出版社, 2024.03
面；　公分
ISBN 978-626-97939-7-6（平裝）
1.CST: 韓語　2.CST: 讀本

803.28　　　　　　　　　　　　　　　　112019788

LA PRESS 語研學院
Language Academy Press

韓檢必考最高頻率擬聲擬態語

作　　　者／辛昭靜　　　　　編輯中心編輯長／伍峻宏・編輯／邱麗儒
譯　　　者／洪嘉穗　　　　　封面設計／曾詩涵・內頁排版／菩薩蠻數位文化有限公司
審　　　校／楊人從　　　　　製版・印刷・裝訂／東豪・弼聖・明和
插　畫　家／津田束砂
韓語配音／李玟庭

行企研發中心總監／陳冠蒨　　線上學習中心總監／陳冠蒨
媒體公關組／陳柔彣　　　　　產品企製組／顏佑婷、江季珊、張哲剛
綜合業務組／何欣穎

發　行　人／江媛珍
法律顧問／第一國際法律事務所 余淑杏律師・北辰著作權事務所 蕭雄淋律師
出　　　版／語研學院
發　　　行／台灣廣廈有聲圖書有限公司
　　　　　　地址：新北市235中和區中山路二段359巷7號2樓
　　　　　　電話：（886）2-2225-5777・傳真：（886）2-2225-8052
讀者服務信箱／cs@booknews.com.tw

代理印務・全球總經銷／知遠文化事業有限公司
　　　　　　地址：新北市222深坑區北深路三段155巷25號5樓
　　　　　　電話：（886）2-2664-8800・傳真：（886）2-2664-8801
郵政劃撥／劃撥帳號：18836722
　　　　　　劃撥戶名：知遠文化事業有限公司（※單次購書金額未達1000元，請另付70元郵資。）

■出版日期：2024年03月　　　ISBN：978-626-97939-7-6
■版次：1版　　　　　　　　　版權所有，未經同意不得重製、轉載、翻印。